U0090309

民國文化與文學研究文叢

十六編

李 怡 主編

第12冊

橫看成嶺側成峰
——胡風論（第二冊）

吳永平 著

國家圖書館出版品預行編目資料

橫看成嶺側成峰——胡風論（第二冊）／吳永平 著 -- 初版
-- 新北市：花木蘭文化事業有限公司，2023〔民 112〕
目 4+160 面；19×26 公分
（民國文化與文學研究文叢 十六編；第 12 冊）
ISBN 978-626-344-534-5（精裝）
1.CST：胡風 2.CST：學術思想 3.CST：文集
820.9　　112010654

民國文化與文學研究文叢
十六編 第十二冊　ISBN：978-626-344-534-5

橫看成嶺側成峰
——胡風論（第二冊）

作　者 吳永平
主　編 李 怡
企　劃 四川大學中國詩歌研究院
總編輯 杜潔祥
副總編輯 楊嘉樂
編輯主任 許郁翎
編　輯 張雅淋、潘玟靜　美術編輯 陳逸婷
出　版 花木蘭文化事業有限公司
發行人 高小娟
聯絡地址 235 新北市中和區中安街七二號十三樓
電話：02-2923-1455／傳真：02-2923-1452
網　址 http://www.huamulan.tw 信箱 service@huamulans.com
印　刷 普羅文化出版廣告事業
初　版 2023 年 9 月
定　價 十六編 18 冊（精裝）台幣 45,000 元

橫看成嶺側成峰
——胡風論（第二冊）

吳永平　著

目次

第三冊

第四冊

胡風「客觀主義」理論發微(未刊)

提要：

胡風的「客觀主義」理論發軔於上世紀 30 年代初無產階級文學運動，大成於抗戰時期。其理論基點是文學的「黨派性」，其認識論的依據是「歷史合法則性的客觀主義，只有接近新興階級的主觀才能完全地把握到。一切和新興階級的主觀游離的或相反的客觀主義，都是旁觀主義，『虛偽的客觀主義』」，其扼要的表述是「政治的正確就是藝術的正確」。儘管胡風曾在不同時期試圖重新闡釋「客觀主義」理論，但萬變不離其宗，最終還是回到了起點上。

主題詞：胡風；客觀主義；黨派性

聞敏先生在《關於胡風反對客觀主義的鬥爭》〔註 1〕一文中將「胡風從 1935 到 1984 這近五十年間與客觀主義進行鬥爭的概況」分為三個時期，並進行了詳盡的評說。他不無道理地指出：「反對客觀主義是胡風的主體性文藝理論的核心內容，也是他的全部文藝實踐的重中之重。」

然而，由於聞敏先生未及細讀《胡風全集》，也不甚瞭解胡風「客觀主義」理論的源流及演變情況，因而，他對「鬥爭的概況」的描述是不夠準確的。僅舉兩例：其一，聞敏先生贊同某研究者的說法，認為「『主體』的概念在胡風的著譯中最早出現於他 1934 年譯自日本《唯物論研究》中的一篇文章」。其實，這個說法是錯誤的，胡風早在作於 1933 年 9 月的論文《關於現實與現象的問題及其他——雜談式地答蘇汶巴金兩先生》和《關於「主題積極性」及與之相關的諸問題》中就數度提及「主體」這一概念。其二，聞敏先生說：「同

〔註 1〕聞敏：《關於胡風反對客觀主義的鬥爭》，載《新文學史料》2004 年第 3 期。

年（1935 年）他所寫的《為初執筆者的創作談》裏，第一次出現了『客觀主義者』的提法。」這個判斷也是錯誤的，胡風早在作於 1933 年 9 月《關於「主題積極性」及與之相關的諸問題》中就引用過列寧對「客觀主義者」的批評，在 1934 年 9 月寫成的《關於青年作家的創作成果和傾向》再度引用過這一政治概念。

鑒於此，不能不重新探索胡風「客觀主義」理論的源流及演變過程。

一

客觀主義，作為西方近代科學的一種方法論，曾廣泛地應用於哲學、政治學、經濟學、法學、歷史學和新聞學等學科，也曾深刻地影響了 19 世紀末歐美的文學潮流。1928 年 3 月葉公超在《寫實小說的命運》〔註 2〕中介紹了西方文壇出現的這種「客觀主義」潮流，指出，喬治・愛略特（George Eliot）、約瑟夫・康拉德（Joseph Conrad）、托馬斯・哈代（Thomas Hardy）、韋爾士（H.G.Wells）、喬治・摩爾（George Moore）、詹姆斯・喬伊斯（James Joyce）、高爾斯華綏（John Galsworthy）、亨利・詹姆士（Henry James）、喬治・葛辛（Gorge Gissing）「等一般人的小說」，都有「對於生活的一種顯明的冷淡態度，一種理智性的中立態度，或是一種『任它怎著吧』的客觀觀念」。他認為，這種文學現象與「現代的社會科學」的產生有關，「人類從此就有了一種新覺悟，新理智，新眼光」。他還指出，這種寫實小說「取用的材料是『性』的，奇的，反常的；它表現的態度是生物學的，心理學的。這都是原來社會科學的常性，也就是現代寫實小說『八字』的意義。」同文中還強調地提出，上述作品與以往作品的「感傷、譏諷和訓世」的態度有著明顯的區別。

就當時歐美文壇而言，占主導地位的仍是批判現實主義或自然主義文學。《弗洛斯河上的磨坊》（喬治・愛略特）、《黑暗的心臟》（約瑟夫・康拉德）、《尤利西斯》（詹姆斯・喬伊斯）、《德伯家的苔絲》（托馬斯・哈代）、《一個青年的自白》（喬治・摩爾）這類小說出現後，批評界和讀者界都覺得新奇和陌生，曾一度採取排斥和否定的態度。眾所周知，詹姆斯・喬伊斯當年被視為正統文壇的「叛逆者」，而《尤利西斯》一度被列為禁書。

同一時期，國際無產階級革命文學運動也顯示出反對「客觀主義」的姿態，然而，她反對的卻並不是上述與「科學化」有關的歐美文學，而是一切有悖於

〔註 2〕葉公超：《寫實小說的命運》，載 1928 年 3 月《新月》創刊號。

列寧「黨的文學」原則的文學。在無產階級革命運動歷史階段，列寧的「黨的文學」原則對亞洲方興未艾的革命文學運動有很大的影響，並通過兩個路徑向中國傳播：

第一條路徑：假途日本引進我國。1927 年初，創造社若干成員從日本返回國內發動「革命文學」運動，批判魯迅、茅盾等人的「觀照的表現的態度」。1928 年 2 月，李初梨在《文化批判》上發表《怎樣地建設革命文學》，對無產階級文學做了明確的界定：「無產階級文學是：為完成他主體階級和歷史的使命，不是以觀照的表現的態度，而以無產階級的階級意識，產生出來的一種鬥爭的文學。」在他們看來，「觀照的表現的態度」是與「無產階級的階級意識」相對立的文藝方法論，前者是舊現實主義（包括古典現實主義和批判現實主義）的特徵，後者是新現實主義（「黨的文學」）的標誌。

第二條路徑：直接從蘇聯引進這個概念。30 年代初，精通俄文的瞿秋白大量翻譯引進蘇俄文藝理論論著，認同蘇俄將小資產階級文學流派等同於孟什維克的過「左」的政治傾向，並將「客觀主義」的政治概念引進文學批評。在他的指導下，左聯執委會通過《中國無產階級革命文學的新任務》（1931 年 11 月）的決議案，主張「作家必須成為一個唯物的辯證法論者」，並提出反對「假的客觀主義」的口號。

上世紀 30 年代初，在與「自由人」和「第三種人」的論戰中，瞿秋白首次將這一術語用於文藝批評，他這樣寫道：「他（胡秋原）恰好把普列漢諾夫理論之中的優點清洗了出去，而把普列漢諾夫的孟塞維克主義發展到最大限度——變成了資產階級的虛偽的旁觀主義。〔註 3〕」

瞿秋白的示范開拓了左翼批評家們的思路，馮雪峰、周揚、胡風等都先後引用過他的這段文字。只有一個例外，魯迅雖然也參與了上述鬥爭，卻從未在行文使用過「客觀主義」這一概念。

二

胡風 1929 年 9 月赴日本留學，1931 年加入日本普羅文化聯盟，同年加入日本共產黨。那時正是日本普羅文化運動（納普）的高潮期，他有機會廣泛閱讀藏原惟人等左翼理論家翻譯的蘇聯文藝論著，受到啟蒙的理論薰陶。從積極

〔註 3〕瞿秋白：《文藝的自由與文學家的不自由》，載 1932 年 10 月《現代》第 1 卷第 6 期。

方面來說，接受了蘇聯和日本無產階級革命文學理論的影響；從消極方面來說，「拉普」和「納普」的觀念論影響極深。他獲取「客觀主義」理論的來源兼有以上兩途，主要來自「納普」，其次，則來自於瞿秋白對蘇俄文藝理論的介紹。

1932 年冬，胡風短期返回上海，接受《文學月報》主編周揚的邀請，撰寫了《粉飾，歪曲，鐵一般的事實》〔註 4〕。他站在「黨派性」的高度。「用《現代》第一卷的創作做例子」，將《現代》的全部撰稿人都打成「第三種人」，穆時英、杜衡（蘇汶）、施蟄存、沈從文、郁達夫、巴金、靳以、馬彥祥、沈櫻等無一幸免。文中有這麼一段，可以視為他早期文藝思想的集大成：

> 歷史的發展是合法則的，在一個特定的歷史階段上，有階級的主觀和歷史的客觀相一致的新興階級，也有階級的主觀和歷史的客觀相矛盾的階級。人的認識，愈含有新興階級的主觀要求，就客觀性愈大，而與歷史的客觀相矛盾的階級裏的人的認識，或多或少是要被他的階級的主觀所限制的。愈和新興的階級的主觀相接近，就愈能把握到客觀的現實，換句話說，歷史合法則性的客觀主義，只有接近新興階級的主觀才能完全地把握到。一切和新興階級的主觀游離的或相反的客觀主義，都是旁觀主義，「虛偽的客觀主義」。

此時，他非常明確地將一切非「新興階級」的文學派別都視為「旁觀主義」或「虛偽的客觀主義」，與瞿秋白的政治導向完全一致。

根據留日學者張福貴、靳叢林等在《中國近現代文學關係比較研究》〔註 5〕一書中所披露的資料，胡風的上述理論觀點與日本「納普」理論家（尤其是藏原惟人）有著承繼的關係。藏原惟人在《到無產階級現實主義之路》（1928 年 5 月）一文中寫過：「無產階級作家必須首先掌握明確的階級觀點。所說的掌握明確的階級觀點，也就是站在戰鬥的無產階級的立場之上，用『拉普』的一句名言來說，就是作家要用無產階級前衛的眼光來觀察世界，來描寫世界。」胡風「客觀主義」理論的濫觴正潛藏在「拉普」和「納普」的這段機械論中。無怪乎，《現代》撰稿人從他的傲慢的排它傾向中，又聽到了早期創造社、太

〔註 4〕胡風：《粉飾，歪曲，鐵一般的事實》，載 1932 年 12 月 15 日《文學月報》1 卷第 5～6 期。

〔註 5〕張福貴、靳叢林等：《中國近現代文學關係比較研究》，吉林大學出版社 1999 年版。

陽社「唯我無產階級」的遺響。

30 年代初，左聯中人將蘇俄「新現實主義」的理論搬運到中國後，無不以「政治—文藝」一元論者自居，機械地以「經濟—政治」的框架來規範文藝的主題、題材和人物，凡不合者皆斥為「客觀主義」而加以排斥，非獨胡風一人而已。只是，他走得更遠，從新興階級的政治先進性而推演出其文藝上的優越性。他在同文中還寫到：

> 藝術的內容一定是鐵一般的現實。因為，藝術的內容就是歷史的內容，和政治的差別是，它是形象的表現而已。政治是一個特定階段的歷史要求的最高形態，而偉大的藝術是必須以歷史發展的積極方面為內容，和歷史的動向相一致的。
>
> 政治的正確就是藝術的正確，不能代表政治的正確的作品，是不會有完全的藝術的真實的。新興文藝的優越性，是被藝術的要求所規定，同時是被政治的要求所規定，關於藝術和政治的二元論的看法是不能存在的。

「政治的正確就是藝術的正確」，這個機械論的命題得到了周揚的高度評價，並在文中樂於引用。

1933 年 9 月胡風作《關於「主題積極性」及與之相關的諸問題》，這又是一篇曾得到周揚喝采的文章。他引用了列寧批判孟什維克的一段話，將其作為反對文學上的「客觀主義」傾向的理論依據。原引文如下：「客觀主義者當證明所與的一聯事實的必然性的時候，常常陷入站到這些事實的辯護者的見地上的危險……，而他（唯物論者），不僅指示出過程的必然性，尤其要說明給這個過程以內容的是什麼社會——經濟組織，尤其要說明決定這個必然性的是什麼階級。」現譯文如下：「客觀主義者談論現有歷史過程的必然性；唯物主義者則是確切地肯定現有社會經濟形態和它所產生的對抗關係。客觀主義者證明現有一系列事實的必然性時，總是會站到為這些事實做辯護的立場上；唯物主義者則是揭露階級矛盾，從而確定自己的立場。客觀主義者談論『不可克服的歷史趨勢』；唯物主義者則是談論那個『支配』當前經濟制度、造成其他階級的某種反抗形式的階級。可見，……唯物主義者運用自己的客觀主義比客觀主義者更徹底、更深刻、更全面。他不僅指出過程的必然性，並且闡明正是什麼樣的社會經濟形態提供這一過程的內容，正是什麼樣的階級決定這種必然性。〔註6〕」可以清楚地看出，胡風當年的引用是不完整的。

日本學者近藤龍哉在《胡風研究劄記（一）》〔註7〕中提供了胡風留學日本時的一篇佚文，並摘引了其中的三段文字，暗示他當年深受左傾機會主義路線的影響。引文照錄如下：

> 「以 1927 年冬天為起點，中國革命已達到最高階段，並且已發展到直接與帝國主義發生衝突的決勝時期。」「在無產階級的實踐鬥爭中，藝術任務和政治任務完全能得到辯證法的統一。」「我們的批評如果不正確地抓住政治動向，就不能將文藝的任務與階級實踐相結合」。〔註8〕

胡風留學日本三年，正值日共左傾路線當道及國內王明路線猖獗期間，他反對「客觀主義」，排斥同路人，在這個歷史背景下可以得到充分的理解。

三

胡風從日本歸國後，作為左聯的重要理論家，對左翼青年作家的創作傾向也十分關注。1934 年 5 月，他在《關於「主題積極性」及與之相關的諸問題》中提出了克服「客觀主義」等錯誤傾向的途徑：

> 對於階級的作家或志願為階級服務的作家的要求，是實踐生活上階級的（＝黨派的）立場。在真實意義上的站在這樣立場上的作家，被階級的需要所鼓動，被階級的意志所燃燒，在集團的階級的經驗的指導之下，才能夠用前衛的眼睛看世界。在這裡，才能把虛偽的客觀主義和理想的主觀主義克服，才能把認識論裏面感性的東西和論理的東西統一，才能把到現在為止常常提出的「目的意識」「政治目的」那種機械論的說法合理地揚棄。

如果我們說，胡風文藝思想的幾個重要組成部分和獨特的表述方式在這時（1934 年）已經基本成型，這個結論也許並不算草率。請細讀引文：主觀戰鬥精神的「燃燒」已經出現，新現實主義的兩大敵人「虛偽的客觀主義和理想

〔註 6〕列寧：《民粹主義的經濟內容》，《列寧全集》第 1 卷，人民出版社 1955 年版，第 378～379 頁。

〔註 7〕張漢英譯：《胡風研究劄記（一）》（近藤龍哉作），載《湖北作家論叢》1987 年第 1 期。

〔註 8〕胡風：《現階段戰爭文藝批評的二，三個重要問題》，載日本《馬列主義藝術學研究政題》1932 年第 2 輯。又以《現階段文藝批評的幾個緊要問題》為題，載《現代文化》1933 年第 1 期。未收入《胡風全集》）。

的公式主義」已經現形，主客觀統一（「感性的東西和論理的東西的統一」）的途徑已經指出。其後，胡風在這個基礎上並沿著這個方向進一步充實和發展了「客觀主義」理論。

一年以後，胡風發表《關於青年作家的創作成果和傾向》〔註 9〕。他又一次使用「客觀主義」的術語，批評左聯內部的青年作家。他寫道：

> 一部分青年作家停滯在濃厚的客觀主義的點觀（觀點）上面，甚至於原來是階級的觀點很明確的作家，有的也漸漸現出了客觀主義的傾向。在他們的作品裏面，展開了廣大的視野，彩色濃鬱地畫出了許多到現在為止還沒有在作家筆下出現過的社會生活的姿態。這些雖都是可寶貴的，但卻缺少了明確的階級的觀點或勞苦大眾變革現實社會的強烈的意志和實踐鬥爭所掀起的波紋。作者熱心地在追求生活的豐富，但卻過於天真好玩了，弄得眼花繚亂，忘記了路，忘記了自己。

從此，胡風把「客觀主義」更多地運用於左翼內部的批評。他注目於左翼作家是否具備「明確的階級的觀點」、「強烈的意志」和「實踐鬥爭所掀起的波紋」。這三個注目點恰恰是胡風嗣後形成體系的文藝思想的重要組成部分，即「主觀戰鬥精神」、「愛愛仇仇的情緒」和「主客觀血肉的擁抱」，等等。

胡風的《張天翼論》（1935 年 5 月）作於同期。他在行文中雖然沒有使用「客觀主義」這個術語，但實際上是把張天翼的小說作為這種傾向的典型來進行批評的〔註 10〕。1932 年，胡風以「納普」的機械論橫掃《現代》月刊時，因張天翼是左聯盟員而筆下留情，這次卻沒有放過他。指責的內容是：「情熱薄弱的觀照態度」，「帶著素樸的唯物主義觀點在表面的社會現象中間隨喜地遨遊」，「都不過如此，都應該如此的神氣」。這些指責與上面提到的葉公超對歐美近代小說新潮流的概括相似，卻是完全不同質的兩回事。

1936 年 9 月，胡風發表《自然主義傾向底一理解》，「客觀主義」的定義在他的筆下發生突變。此文寫得像篇隨筆，而不是通常的論文形式，因此沒有引起研究者足夠的重視。文章從一則報導寫起——「說是在蘇聯底文學工作裏面發動了對於公式主義傾向和自然主義傾向的鬥爭」——除此之外，他並看到

〔註 9〕胡風：《關於青年作家的創作成果和傾向》，收《胡風全集》第 5 卷，第 220～221 頁。

〔註 10〕胡風：《第三次排字後記》，收《胡風全集》第 2 卷，第 277 頁。

任何有關的資料。儘管如此，他認定蘇聯文學界所批判的絕不是一般意義上的「自然主義」，不是那種「以為人在社會生活裏面只是被生物學的動機所推動，只是受生物學的法則底支配」的自然主義，也不是高爾基批評過的「社會宿命論」，即「把現實的社會——『客觀的真實』當作了宿命的東西」的自然主義，而應該是也只能是「客觀主義」。他這樣寫到：

> 我想，在蘇聯，這種情形底產生是很可能的：相信著未來的勝利，因而只是享受著現在的成功。把自己和「創造歷史」的如火如荼的鬥爭分開，就必然會或多或少地回到盲從生物學的欲求的生活裏面。如果作家成了這種意識底俘虜，如果他底作品所反映的是用這種意識所理解的生活，那麼，他底作品當然會帶著客觀主義或自然主義的傾向了。

由於是揣測，便不可避免地帶有相當的隨意性。然而，胡風卻從此認定這便是「客觀主義」所由產生的根源及表現特徵。至此，胡風完成了對「客觀主義」的獨立闡釋。

現在，我們可以作一個小小的歸納，從 30 年代初到抗戰前夜，胡風對「客觀主義」的闡釋經歷了這樣的演變軌跡：30 年代初期，指的是「第三種人」的非「黨派性」的立場，理論依據是列寧對孟什維克的批判和拉普理論家的若干闡述；30 年代中期，指的是張天翼等左翼作家的「社會宿命論」和「冷淡的態度」，理論依據是高爾基的若干論述；抗戰前夜（1936 年），指的是雖有革命的立場，也有歷史發展的前衛觀點，但缺乏主觀戰鬥精神的「生活態度」，理論依據是「假定」而來的蘇聯「很可能」發生的情況。其理論演變的特點由此也可以勾勒出來：隨意性越來越大，理論基礎越來越薄弱，內涵越來越模糊。

儘管如此，1935 年前後，胡風已成為反「客觀主義」的符號人物，他的朋友也都尊重他的這個偏嗜。他曾在《略談「小品文」與「漫畫」》（1935 年）中講過一個很有意思的故事：

> 朋友談話之間有時夾進些術語助興。有一次有一位指著《自由談》上的子愷先生底漫畫問：「這算什麼？是客觀主義罷？」
>
> 她這個出其不意的問話使我吃了一驚，但隨著大家都笑了。
>
> 一個舉著一串金元寶的老太婆底背面，一個小孩子抓著她底後裾，這能夠表現什麼呢？
>
> 我覺得漫畫也是一種認識形式，要表出作者所看到的人間關

係，而且是放大地表出所看到的人間關係。漫畫底獨特功用未必不是在這裡麼？一個孤立的平面的現象，我們是看不出它的內容來的。似乎子愷先生近年來熱心地想畫出窮苦人底面影，但如果不使讀者看出他們和周圍生活的交涉，那他們底面影也就不會明晰地浮出罷。

在胡風看來，豐子愷先生的漫畫無疑屬於「客觀主義」的範疇。

四

胡風獨具個性的文藝理論，完成於抗戰時期，最為突出的標誌之一便是「客觀主義」概念的廣泛運用。

從抗戰開始到 1940 年以前，胡風對「客觀主義」的解說呈現出非常尷尬的狀態。這裡有兩方面的原因：一方面，文藝界抗日統一戰線為世人擁戴，文藝界人士都認識到抗戰時期「民族矛盾大於階級矛盾」，繼續公開強調「階級＝黨派」的立場，顯然不合時宜。另一方面，如果繼續強調階級立場（主觀）和歷史發展方向（客觀）的統一，會被時人詬為「機械論」；而把所有非「新興階級」的文學統統斥之為「客觀主義」，又有著極「左」的嫌疑。於是，他在詮釋時抽掉政治上的限定，「主觀」與「客觀」便虛浮了起來。譬如他曾寫道：「如果說公式化是架空地去迎接政治任務，離開了客觀的主觀；那繁瑣化就是奴從地去對待生活事件，離開了主觀的客觀，即所謂客觀主義了。〔註 11〕」

當年便有批評者指出，在創作實踐中絕對沒有「離開了客觀的主觀」或「離開了主觀的客觀」！胡風想以「主客觀融合論」以掩飾其對「黨派性」的不懈追求，卻不料墮入了唯心主義的神秘化的泥沼。

1939 年初，他在解說高爾基倡導的「新現實主義」時，也出現了類似的尷尬。他寫道：「對於歷史底神經系統的真實的感受，一般的東西和個別的東西之完全的統一，個人的東西和社會的東西之有機的結合，主觀和客觀之化學的溶解。這是社會主義的現實主義……」（《高爾基在世界文學史上加上了什麼》1939 年 5 月）他希望借用這些生物學、物理學、化學的詞彙來替代 30 年代從「納普」承繼且運用嫻熟的術語和表達方式，卻不料弄巧成拙。

1940 年年底，胡風的「客觀主義」理論有了重新定義的可能。《七月》刊

〔註 11〕胡風：《民族革命戰爭與文藝》，收《胡風全集》第 2 卷，第 576 頁。

載了呂熒翻譯的匈牙利理論家盧卡契的論文《敘述和描寫》〔註 12〕，胡風在「編後記」中寫道：「在蘇聯，現在正爆發了一個文藝論爭，論爭底主要內容聽說是針對著以盧卡契為首的『潮流派』底理論家們抹殺了世界觀在創作過程中的主導作用這一理論傾向的。但看看這一篇，與其說是抹殺了世界觀在創作過程中的主導作用，毋寧說是加強地指出了它的作用。問題也許不在於抹殺了世界觀底作用，而是在於怎樣解釋了世界觀的作用，或者說，是在於具體地從文藝史上怎樣地理解了世界觀底作用罷。」

嚴家炎教授在《中國現代小說流派史》中非常重視胡風從盧卡契這篇文章所得到的啟示，甚至認為「胡風和七月派上述文藝思想，我以為，很大程度上得力於匈牙利文藝理論家盧卡契的影響，盧卡契在 1936 年發表的《敘述和描寫》，著力反對自然主義的客觀描寫和形式主義的主觀心理描寫」。

其實，如上文所述，胡風「客觀主義」理論到此時已基本成形，並不需要借助於盧卡契之力。要動搖他的已有十年歷史之久的文藝觀點，盧卡契的力量還嫌不夠。準確地說，此時胡風的「客觀主義」理論與盧卡契的理論可以互為參照：盧卡契忽而客觀主義，忽而主觀主義，時而強調「態度」，時而譴責「虛偽」，與胡風很相似；胡風樂於把文學創作方法問題與哲學方法論及道德倫理觀念攪合在一起，這些也與盧卡契相近。如果要深究盧卡契對胡風的影響，也許盧卡契對「使文學科學化，把文學變成一門應用的自然科學，變成一門社會學」的批評對他有所啟發。然而，盧卡契所批評的是近代西方文學的新潮流（參看上面提到的葉公超《寫實小說的命運》），而胡風所想到的卻是國內文壇上以茅盾為代表的「社會剖析派」，實質上是兩回事。

胡風的論文《今天，我們的中心問題是什麼》（1940 年 1 月）就是在盧卡契的啟發下產生的，文中有一些新的提法，如「首先，要從邏輯公式的平面上跨過」和「從創作裏追求創作與生活」等，都有借鑒盧卡契的痕跡。他在批評鄭伯奇、羅蓀等對典型的創造過程的論述時，這樣寫道：

> 依照他們二位底解釋，創作過程就成了一種冷靜的、「精密的」、單純的、邏輯思維的過程。新的現實主義所一再向作家要求的戰鬥意志底燃燒、情緒底飽滿、站在比生活更高的地方，等等，就弄得無影無蹤，而所謂典型也就勢必成為一種七拼八湊的、圖解式的、

〔註 12〕呂熒譯：《敘述和描寫》（盧卡契作），載《七月》1940 年 12 月第 6 集第 1、2 期合刊。

> 死的東西了。所謂「客觀主義」，是從這裡來的，所謂「枯燥空洞」，是從這裡來的，所謂「思想力底灰白」，是從這裡來的，所謂「藝術力底死滅」，也是從這裡來的。

從這段敘述中可以看出胡風善於揚棄、借用或曰「化用」盧卡契的本領。

儘管如此，直到抗戰後期胡風仍沒有理清「客觀主義」理論的要點。1944 年 10 月他寫成《置身在為民主的鬥爭裏面》，文中描述了戰勝客觀主義的途徑。他這樣寫道：「首先，當然要求一個戰鬥的實踐立場，和人民共命運的實踐立場，只有這個倫理學上（戰鬥道德上）的反客觀主義，才能夠杜絕藝術創造上的客觀主義底根源。」他所謂的這種種先驗的「實踐立場」，實際上只是 8 年前所宣揚的「新興階級的主觀」的另一種表達方式，並沒有跳出「政治的正確就是藝術的正確」的機械論圈子。可見，盧卡契的影響力即使再大，也不可能改變胡風自 30 年代初所形成的思維慣性，更何況，胡風並不具備盧卡契所長的對近代世界文學潮流的應有的瞭解。

正因為如此，抗戰時期胡風始終未能判明客觀主義和自然主義的異同，1945 年他又退回到 30 年代初期的認識水準，將「客觀主義者」等同於反對「黨派性」的「第三種人」。他在《關於善意的「第三種人」》（1945 年 11 月）中這樣寫道：「講究技巧，講究形象，而且還放進一點社會意義的主題，但作者要平心靜氣，不能加進自己的情緒，更不能讓作品裏的人物有什麼情緒衝激。這也是以現實主義自命的，但它底真實的名稱應該叫客觀主義。客觀主義者，第三種人的立場之謂也。」

五

1948 年，在與香港的進步文化人的論戰中，胡風撰寫了重要的理論著作《論現實主義的路》。他在這部著作中回顧了十年來（從 1935 至 1945 年）反對非現實主義（客觀主義和主觀公式主義）的歷程，並從理論上進行了充分的闡釋，這是解放前夕他的最後一次完善「客觀主義」理論的機會。

然而，在當時的情勢下，卻有兩個不能不考慮的因素束縛了他在理論上的突破：其一，既然是要對抗戰時期的「主觀公式主義和客觀主義」進行「再批判」，行文中就不得不大量援引「自己從前說過的話」來證實理論的一貫性和正確性，於是不得不一再重複先前使用過的那些模棱兩可的概念，如：客觀主義是主觀主義的變種，客觀主義創作上的特徵是「奴從生活」，藝術上的特徵是「淡漠的細描」，等等。其二，由於當時香港進步文化人已跳脫出抗戰文藝理論的羈絆，而立足於「人民的文藝」這一新的基點。為了與論敵站在對等的位置上，胡風不得不以更加峻激的政治姿態出現。於是，他把十年來的抗戰文藝描繪成「帶著進步的色彩但基本上是反現實主義的文藝現象」。加之過分氣惱於胡繩、喬冠華、邵荃麟等在《大眾文藝叢刊》中對其理論與實踐的過甚其詞的批評，他急不擇言地將胡繩、茅盾、姚雪垠等進步作家與朱光潛、沈從文、鄭學稼等一同放進「客觀主義」的提籃裏，甚至無端地指責胡繩等一向是「墮落的文藝和反動的文藝」的庇護所和保護傘。就這樣，文藝理論的駁雜和政治態度的激進互為激勵，他欲不復歸於 30 年代初的「階級＝黨派」的「政治—文學」一元化立場也是不可能的。

於是，在同文中又出現了這樣的表述：「客觀是認識（創作活動）的對象，但不能從歷史發展的戰鬥要求去深入這個對象，就形成了客觀主義。而且，創作態度上的客觀主義的基本形態，又正是對應著思想方法上的經驗主義的。或者依照高爾基，有時要它頭頂半片腳踩半片引號，寫成『客觀主義』，或者依照列寧，有時替它戴上一頂形容詞的帽子，寫成『虛偽的客觀主義』，那就更為明確了。」對照上文，可以看得十分清楚，這個提法只是《粉飾，歪曲，鐵一般的事實》（1932 年）中核心觀點的重複，即：「歷史合法則性的客觀主義，只有接近新興階級的主觀才能完全地把握到。一切和新興階級的主觀游離的或相反的客觀主義，都是旁觀主義，『虛偽的客觀主義』。」歷史已經隆隆地走過了 16 年，胡風的「客觀主義」理論仍在原地踏步，說是一貫性固無不可，說是陳陳相因也許更為恰當。

現在，可以從兩個角度來評價胡風「客觀主義」理論的建樹了：第一個角度，從上世紀 30 年代無產階級革命文學運動的大背景下進行考察。胡風數十年來對「階級的＝黨派的」文學的尊崇和捍衛是一貫的，儘管這種鮮明的政治立場在抗戰時期曾被表述成「生活意志」、「人格力量」或「主觀戰鬥要求」，但其內涵並沒有絲毫改變。從這個角度上看，胡風是在「拉普」指示的道路上走得最遠的。第二個角度，從 19 世紀末發軔的歐美寫實主義潮流呈現的「客觀主義」傾向及新的表現手法的大背景下進行考察。胡風對這個「冷峻」的寫實主義潮流始終是隔膜的，他不瞭解也不願瞭解這種與「現代的社會科學」相伴相生的、超脫於「感傷、譏諷和訓世」態度的文學流派的特點，抗戰之前他對張天翼小說的批評，抗戰時期他對茅盾、姚雪垠等創作的指責大都出於這種不理解。從這個角度而言，胡風並沒有站在世界文學的時代潮頭上，遠遠沒有達到盧卡契的思想水平。

也許還要補充幾句，直到上世紀 50 年代初，胡風的「客觀主義」理論仍置放在「黨派性」基點上。他在著名的「三十萬言書」中這樣寫道：「反對主觀公式主義，是為了蘇聯作家協會章程裏面那個定義的前一個要求，為了『真實』；反對『客觀主義』，是為了那個定義的後一個要求，為了『社會主義精神』，這和毛主席所指出的文藝上兩條戰線的鬥爭是相通的。〔註 13〕」始終不懈地堅持文學的「黨派性」，極力主張文學為無產階級政治服務，在這個關鍵問題上，胡風與毛澤東的確是相通的；然而，能作如此表白的豈只胡風一人，周揚、林默涵、何其芳何嘗不更如此呢！

〔註 13〕胡風：《關於解放以來的實踐情況的報告》，收《胡風全集》第 6 卷，第 185 頁。

鍛鍊人罪的胡風（未刊）

世人只知有個以身殉道的胡風，不知還有個鍛鍊人罪的胡風！

1944 年，身任中華全國文協理論研究部部長的胡風為捍衛新現實主義的「戰鬥性」，發起「清算」（也稱「整肅」）運動，向所謂的「主觀公式主義者」和「客觀主義者」開刀。出於政治策略的考慮，他不敢公然冒犯郭沫若、茅盾、巴金、曹禺這些影響甚大的作家，便把姚雪垠、碧野、沙汀、嚴文井、張恨水等作為打擊的主要對象，以收敲山震虎之效，批判的浪潮一直持續了好幾年。

1947 年，胡風又聯絡朋友阿壟等合力從政治上攻訐昔日的同事姚雪垠（姚曾任中華文協理論研究部副部長），揭露他有政治變節行為，並暗示他是國民黨特務。這件公案直接導致被譽為創作過抗戰文學「里程碑」作品的姚雪垠未能參加全國第一次文代會，間接造成解放後若干年姚雪垠被人民政權視為政治異己的嚴重後果。

胡風等是如何鍛鍊人罪的，隨著新的史料陸續被發現，真相終於顯露出來。

（一）姚雪垠埋頭苦幹數年，以創作實績回應了胡風等對他的「清算」；且公開發表了挑戰性的檄文，這是中國現代文學史上第一篇公開點名批判「胡風派」的文章

從抗戰後期開始，胡風組織的「清算」姚雪垠的文章充斥各地報刊，而姚雪垠卻一直奇怪地沉默著，且去向不明。胡風等以為，要麼他被「打垮了」，要麼他「老實了」，卻未料到這個倔強的河南人竟隱身豫西家鄉，埋頭創作，決心以創作實績來回應他們的攻擊。僅僅幾年時間，他寫完了長篇小說《長夜》，草就了長篇傳記文學《記盧鎔軒》，又塑造出了一大批鬚眉畢現的典型人物。

1947年初，姚雪垠帶著書稿從河南來到上海，他要在這十里洋場與胡風派正面交鋒。然而，他卻沒有料到，抗戰後的上海米珠薪桂，沒有金條連房子也租不到，只得暫住在朋友田仲濟家裏。就在這時，有位新開張的私人出版社老闆接納了他，這家出版社名叫「懷正文化社」，老闆是如今香港的著名作家劉以鬯。劉以鬯當年只是個熱血的文藝青年，非常喜愛姚雪垠的抗戰小說，稱他為「文學天才」，常惋惜以前無緣相見。他得知姚雪垠已到上海，大喜過望，姚雪垠的作品正是他急欲尋找的「高水準的新文學作品」。於是，他馬上託劇作家徐昌霖與姚雪垠約定在國際飯店三樓見面。交談中，姚雪垠談到已經完稿的《長夜》，也談了計劃中的「農村三部曲」，還談到河南豫西土皇帝別廷芳的趣事。劉以鬯越聽越興奮，當場拍板定下出版《雪垠創作集》的計劃，並邀請姚雪垠住進出版社。此後，姚雪垠就在「懷正出版社」裏潛心創作。很快，當年5月至8月，《雪垠創作集》共四種出版，計：短篇小說集《「差半車麥秸」》、長篇小說《長夜》、中篇小說《牛全德與紅蘿蔔》和傳記文學《記盧鎔軒》

《雪垠創作集》出版後，頗受讀者歡迎，當然也驚動了胡風。他們不能容忍這個被他們批得體無完膚的「客觀主義者」捲土重來，更不能容忍這個被他們誣為「色情小說家」的姚雪垠在「創作集」的序跋裏對他們進行極為不恭的譴責。

在短篇小說集《差半車麥秸》的「序言」和長篇小說《長夜》的「後記」中，姚雪垠對「在新文學陣營中抱著天無二日地無二王的觀念」的胡風派進行了嚴厲的批評。文中寫道：

> 我是從風雨中，從原野上，從荊棘與野獸的包圍中成長起來的，曾遇過無數打擊，嘗慣了迫害和暗算。過去既然我不曾見利失節，畏威移志，今後當然也不會對任何強者低頭。我是從窒息的環境中，從刀劍的威脅下，倔強的生活過來的，今後我還要倔強的生活下去。生活是戰鬥，我的武器就是筆。除非我真正死掉，我相信沒有人能使我繳械。……繼這個集子之後，我還有許多作品將陸續的，一部一部的拿出來，毫不猶豫地拿出來。善意的批評我絕對接受，惡意的詆毀也「悉聽尊便」。我沒有別的希望，我只希望這些表面革命而血管裏帶有法西斯細菌的批評家及其黨徒能拿出更堅實的作品來，不要專在這苦難的時代對不能自由呼吸的朋友擺擂。

（《差半車麥秸．序》）

他們說我的《差半車麥秸》是革命的公式主義，《牛全德與紅蘿蔔》自然也是，而且他們從後一部作品中斷定我創造人物的本領已經完了。……他們說我不能夠再創造出新的人物，那不是一向目空一切的小看慣圈外的朋友，便是像人們在憤怒時所發的咒語一樣。咒語照例只代表主觀願望，要是咒語都靈驗，這世界上還有什麼客觀的真理可講？我當然不相信「一咒十年旺」這句俗話，但我相信至少在十年內我人物不會有枯竭時候。在這部小說中我又寫出了幾個人物，在下一部小說中可能會寫出更大更多的典型性格。我不是故意要唱一齣「三氣周瑜」，只是因為我既然從事於小說寫作，寫性格是我的分內之事。（《長夜．後記》）

如果說，他在以上兩文中尚對胡風等人留了一絲情面；那麼，他在為《牛全德與紅蘿蔔》所寫的「跋」（題為《這部小說的寫作過程及其他》）中，則無所顧忌地公開地向「胡風派」發出了挑戰：

胡風先生所領導的作風影響極大，所以雖然和他結合一起的不過三二人，但因為影響大，在國內儼然成一個不可忽視的小宗派。

關於「胡風派」這個名詞，有朋友勸我不用，為的是免得別人說文壇上真有派別，其實胡風派的存在盡人皆知，用不著掩耳盜鈴。我們希望胡風派能放棄過去的狹隘作風，為整個的聯合戰線而努力。我提出「胡風派」這名詞，毫無惡意，我認為宗派主義是鞏固聯合戰線的一大障礙，不如揭穿了的好。兩年來，文壇上稍有成就的作家如沙汀，艾蕪，臧克家，SY 等，沒有不被胡風加以詆毀，全不顧現實條件，全不顧政治影響。青年本是熱情的，經胡風先生一鼓勵，一影響，就常常拋開原則，不顧事實，任意誣衊，以攻擊成名作家為快意。一般純潔的讀者見胡風派火氣很大，口吻很左，就誤認胡風派是左派的代表，於是風行草偃，一唱百和，形成了很壞的風氣。

姚雪垠將此文的抄件交給朋友荒蕪（李乃仁），荒蕪帶到北平轉交給《雪風》的主編青苗，青苗自作主張地將原題改為《論胡風的宗派主義——〈牛全德與紅蘿蔔序〉》，發表在刊物第 3 期（1947 年 5 月）。不久，該文又被北方的一家大報轉載。一文三發，不經意間變成了討伐胡風宗派主義傾向的「檄文」。

據筆者所知，這是中國現代文學史上第一篇公開點名批判「胡風派」的文章。

（二）阿壟按照胡風的指示，趕寫出了反擊文章，文中不僅揭露姚雪垠抗戰後期有變節行為，而且暗示姚雪垠是國民黨特務。然而，由於並無實據，使胡風陷入了極其尷尬的被動局面

打而不垮的姚雪垠捲土重來，而且氣勢如此之盛，胡風的驚異和憤怒難以言表。他馬上組織反擊，北平《泥土》率先罵陣，嘲笑姚雪垠的《論胡風的宗派主義》暴露出了「已經腐爛且製造腐爛去腐爛讀者的卑劣的靈魂與醜惡的嘴臉」。胡風當然對這種無「文」的文章不滿足，於是致信南京的阿壟，囑這位頗受他器重的青年理論家趕快寫出有份量的反擊文章來。

8 月初，阿壟稿成，寄給胡風審閱。

8 月 18 日，胡風提出修改意見：「關於姚，可再修改一下。他是心慌而又無賴的，不能給讀者一點印象，他雖然不好，但還是由於原則上的問題錯了而已。此文可抄三份，寄一份成都，這裡轉寄一份北平，上海似少可能發表。」信中所提到的「原則」，如果不加解釋，恐怕會引起讀者的誤解。所謂「原則」是文藝觀念層次上的問題，如創作方法之類。胡風指示不要從這方面著筆，而要從別的方面入手，用意相當深刻。

8 月 21 日，心領神會的阿壟精心改迄抄迄，寄給胡風兩份，寄去成都一份。

8 月 23 日，胡風高興地回信說「再次稿均收到」。隨即把一份抄件交「時代日報」的編輯顧征南，帶給他的老朋友，時任《時代日報》「文化副刊」主編樓適夷。另一份寄給北平《泥土》的朱谷懷。

阿壟的文章很長，經樓適夷特許，《時代日報》「文化版」從 9 月 3 日至 9 月 5 日，破例連載三期。不久，北平《泥土》也刊載了全文。阿壟的文章題為《從「飛碟」說到姚雪垠底的歇斯底里》，文中巧妙地從「飛碟」的街談巷議入手，以印證姚雪垠的《論胡風的宗派主義》同屬荒誕無稽。文章起首處將姚雪垠挑戰的「急切」和胡風胸懷的「寬宏」作了有趣的對比，以造成虛擬的人格高下之分：

> 胡風是「沉默」的。就是一直到今天，當姚雪垠三次地發表了論胡風的宗派主義，三次地摩拳擦掌挑戰，三次地企圖激怒胡風起來和他唱對臺戲，好使他顯得生意興隆，然而胡風還是可驚地「沉

默」著！……因為在胡風，簡直不把姚雪垠當作一個對象，不論是討論的對象還是吵罵的對象。

不知內情的讀者很容易被阿壟的文字遊戲所迷惑，感動於胡風的「沉默」，而厭惡姚雪垠的「無賴」。當然，除了阿壟之外，誰也不知道，此時的胡風頗像魯迅 30 年代初指責的躲在後面指揮一切的「元帥」，而阿壟則更勝於打上門去的徐懋庸。

阿壟按照胡風的指示，竭力打破讀者對姚雪垠作品的「迷信」。姚雪垠抗戰小說膾炙人口，其主要人物大都是農民和農民出身的游擊戰士，採用了極富表現力的大眾口語，人物性格鮮明，情節也頗為生動，抗戰文壇上少有比肩者。然而，阿壟卻自信可以從典型性格塑造這個基本問題上把論敵塗黑。他這樣分析道：

他不但「刻畫性格」，他更「刻畫」「性交」呢！我們，很可以相信他「決不止於」和「刻畫成功」的話。……農民我說我不清楚吧，但是兵士，我是十分清楚的。我可以以我底差不多十五年的軍隊生活作見證：姚雪垠底兵士生活，底「性格」，底形象，實在是完全出自杜撰的，——不管這個士兵原來是什麼「階層」出身。

阿壟的分析殊為可笑，他以自己的「生活」為雷池否定現實生活的豐富性和多樣性，以自己的「性格」為準繩否定典型性格的複雜性和獨特性，以「我沒見過」或「我不是這樣的」為標準來衡量「形象」的真實性，這顯然有違文學批評的基本常識。實際上，阿壟這篇長達七千字的文章，真正的要害處在於揭露了姚雪垠有過政治變節行為，而且暗示他現在與國民黨特務機關有著特殊關係。原文照錄如下，以饗讀者：

假使我們並不健忘，那麼，我們應該記得在重慶的年月，也應該記得當風聲鶴唳的瞬息，姚雪垠是如何地在報端發表了他的自白，那是怎樣一片悔罪的心不要「革命」了的。而現在，姚雪垠的傑作又是在什麼出版機關出版呢？又住著什麼人的屋子呢？

以上的指控如果能坐實，姚雪垠將被徹底擊潰，永世不得翻身。不幸的是，阿壟的揭露和暗示只是捕風捉影，只能讓胡風空歡喜一場。

所謂「風聲鶴唳的瞬息」，當指抗戰後期國統區的「反獨裁爭民主」運動；而所謂「自白」，指的是郭沫若等發起「文化界對時局進言」（1945 年 2 月）的簽名活動後，國民黨強迫一些知名人士在報上發表的「受騙」的聲明。我們知道，姚雪垠是在「進言」上簽過名的，他是否在壓力下「悔罪」了呢，迄今沒有任何材料證實。我們只知道，1946 年 2 月 10 日重慶較場口血案發生後，姚雪垠確曾在成都《華西晚報》上發表過一篇題為《我抗議——一個無黨派人的憤怒》的文章，憤怒聲討國民黨特務的暴行，文中寫到：

> 政治協商會議是國民政府與國民黨同意召開的，她是在全國人民和國際民主黨人的熱切要求和齊責下召開的，她的成功就是中國的新生。只要是中國人，不管屬什麼黨派，有什麼背景，就應該慶賀這一次協商成功。只有法西斯夥伴餘孽，只有二十年來喝慣人血的流氓和瘋子，只有失掉人心的特務份子，才反對中國的團結進步，才反對世界的和平安寧，才不願開協商會議，才肯以流氓手段來破壞人民為和平曙光的降臨而舉行的慶祝大會。就是說，只有極少數的民族敗類，只有司托雷平的一群走狗，才敢於做出來這樣的下流事情！
>
> 我謹以一個無黨無派的國民身份，向你們這些失掉人性的特務分子，鄭重的提出警告，你們的這些行動並不能阻止中國的和平，團結，進步，反而只能把你們自己帶向毀滅。

以正常的邏輯推斷，1946 年以這種姿態出現的姚雪垠絕不會在 1945 年「不要革命」。

其實，阿壟文中對姚雪垠政治身份所作的揭露和暗示，說穿了也可笑，全然是「莫須有」之辭：他們從「懷正文化社」聯想到「懷念蔣中正」，由書籍裝禎的考究而懷疑得到政府部門的資助，而由這一切推斷姚雪垠可能與國民黨特務機關有特殊關係。

解鈴還須繫鈴人。上世紀 80 年代，劉以鬯撰文談到出版社名稱的來歷及當年創辦的初衷。他寫道：「先嚴名浩，字養如，家中堂名為懷正堂，均從『浩然正氣』取義。我為著紀念先嚴，所以將我辦的出版社定名為『懷正文化社』。上海是全國出版中心，書店林立，像『懷正』這樣的新出版社，想出好書，並不容易。不過，我很固執，除非不辦出版社，否則，非出好書不可。『懷正』成立後，出版範圍很窄，不出雜書，專出高水準的新文學作品。」

真相就是這麼簡單：姚雪垠的「大作」，是在劉以鬯的私人出版社出版的，「懷正文化社」並不是國民黨的「機關」；姚雪垠住的「房子」，是出版社用來堆放紙型的，完全免費，也並不是國民黨機關的招待所。

阿壟在南京寫作此文時，並未到上海調查，無從親見親聞姚雪垠的起居和社會交往情況。他敢在文章中如此寫，如果不是從上海友人處得到信息，斷不會貿然下筆。既然認定姚雪垠住在國民黨機關裏，而且得到他們的出版資助，他便義憤填膺地開罵了：

> 姚雪垠，簡單得很，一條毒蛇，一隻騷狐，加一隻癩皮狗罷了，拖著尾巴，發出騷味，露了牙齒罷了。他的歇斯底里，就是他「刻畫」了他自己的「性格」和「窮窘」。

在中國現代文學史上，還沒有出現過如此惡劣的批評文字。當年魯迅批判梁實秋，瞿秋白批判民族文學，馮雪峰批判「第三種人」，尚且講戰鬥的道德；然而，自稱魯迅「傳人」的阿壟等卻忘記了「先師」的教導，什麼也不管不顧。當年徐懋庸誤信人言，說胡風與國民黨有關係，被魯迅憤怒地斥之為「鍛錬人罪，戲弄威權」，那時他尚不像阿壟做得那樣出格。阿壟在此將自己降低到魯迅指責過的「嘁嘁嚓嚓」的作者水準以下，這是令我們十分驚訝的。

（三）姚雪垠要求樓適夷還其清白，樓適夷只得轉而責成阿壟說清楚。胡風畢竟老練，在萬般無奈的情況下，竟然想出了並非不智的應對之策

姚雪垠見到阿壟的文章後，非常氣憤。就在阿壟文章連載的第二天（9 月 4 日），他找上《時代日報》，與樓適夷交涉。經過據理力爭，樓適夷同意發表他的一封「公開信」。

9 月 6 日夜，姚雪垠寫就「公開信」。翌日，面交樓適夷。兩天後，樓適夷轉給胡風。

9 月 9 日，胡風讀過姚雪垠的公開信，思索再三，發現有點棘手。趕緊致信阿壟，授以應對之策：

> 發表了兩節後，他（指姚雪垠）親自拜謁編者，問編者的意見，完後又去一封信，要編者對《牛全德與紅蘿蔔》說一句公道話。後面一節，另紙抄上。他的信，大概是要發表的，我叫編者壓幾天，他也許碰昏了，只想撈回一點面子，但也許有人鼓動他再跳一跳。別的無礙，只《重慶自白》，我不清楚，不知你記得牢是什麼一回事否？要準備，這次要把這個小毒瘤弄破，了一件事。

胡風一眼便看出要命之處在「重慶自白」！抗戰後期，他與姚雪垠分任中華文協理論研究部正、副主任，卻對此事沒有絲毫印象；但阿壟既然言之鑿鑿，想必定有依據。於是，他一面讓樓適夷採取「緩兵計」，壓下姚文不發，以爭

取時間；一面催促阿壟火速補救，搶在姚文發表之前把這事坐實，給姚雪垠以毀滅性打擊。

又過去了4天，姚雪垠公開信已經「壓」了6天了，阿壟那邊仍然沒有消息。

9月13日，上海方面突然失控。樓適夷竟在沒有通知胡風的情況下把姚雪垠的「公開信」提前發表了。姚雪垠的公開信題為《為阿壟一文致文化版編者信》，文不甚長，刪去無關緊要的客套話，摘錄如下：

> 日前一方面固要加強創作上的嚴肅風氣，然另一方面亦須糾正一部分「批評家」的惡劣作風。拙著《牛全德與紅蘿蔔》及其序言既經胡派健將為長文指罵，極盡輕薄之能事，不妨趁此機會，讀者提供意見，求得公是公非。有問題即當針對問題本身作嚴肅解決，任何一方一味俏皮胡扯而逃避問題，即是缺乏誠懇，不誠則一切皆空。由讀者提供意見，辦法較為民主，容易得到真理。但，凡提供意見者，必須確實仔細讀過拙著《牛全德與紅蘿蔔》及阿壟的那篇長文，以免偏重感情，空發議論，無補於真理的探討。拙著初版本弟處尚存一冊，如有人願意參考，欣願奉借，但請看後立即歸還，免致遺失。
>
> 阿壟文章結尾處附帶栽誣……什麼「重慶自白」，「在什麼出版社出書」，「住誰的房子」等，弟倒要問個明白。此係閃閃灼灼的政治性誣衊中傷過於陰毒卑惡。吾兄未曾注意及此，不無遺憾。望兄轉請阿壟以負責態度，切切實實的加以解釋。

此文雖無咄咄逼人之語，卻顯綿裏藏針之勢。一言以蔽之：「拿證據來！」你說《牛全德與紅蘿蔔》描寫了「性交」，請查原本；你說原本找不到，我可以提供；如果你要平空誣陷，就請讀者公斷；政治栽誣之事，雖與編輯失查有關，但要煩請原作者說清楚，如果說不清楚，便是「政治性誣衊」，編輯部也要負連帶責任。

樓適夷於慌亂之際，強作鎮定地在同期「文化版」上寫了一則「編者按」：

> 姚雪垠先生來信，遵囑刊載如上。文化版為倡導批評空氣，有時也許對某些作家有失禮貌，但我們抱著的『寧肯得罪一二熟人，不願得罪千萬讀者』的主張，不想有所改變。在這裡，我們接受姚先生的建議，請讀者來提供意見，以便求得是非。但來件最好用簡

短信函形式，以免多占篇幅。同時，如果大家都是站在為人民服務的文藝工作者的立場上的話，則把進步文壇強分派別，是真正破壞聯合戰線的，所以對於阿壟的文章，最好不必牽涉到胡風。還有姚先生認為栽誣的內情，我們等阿壟先生來答覆。

樓撰寫這則按語時似乎沒有與胡風商量，因而思慮有欠周全：第一，讓讀者參與，會把事情鬧大；第二，責成阿壟答覆，萬一查無實據怎麼辦；第三，提出「不必牽涉到胡風」，無意中洩露了天機。而這三端，都是胡風此時並不情願領受的。胡風讀了按語後，頓時慌了手腳，儘管姚雪垠不致於對簿公堂，但「政治性誣衊」絕非小事。於是，他趕緊致信阿壟，敦促再作最後的努力，期望能有奇蹟出現：

那封信，今天發表了。原說發表前再商量一下的，但那位編者馬虎得很，就這樣發表了。但也不要緊。現在頂好能找到你所見到的那篇小文。可能是《新蜀報》。有三個地方可找：中央社，中央圖書館，中大圖書館。這裡可託逯在復社圖書館找找，另外，無可找之處，也無可託之人。其餘的，沒有關係，可以使讀者懂的。但那小文能找到最好，因為，我們是向落後的讀者和中庸的文壇說話的。有了那小文，重慶還有許多事都可以抓出來的。

於是，南京方面的朋友都緊急動員了起來，各大圖書館裏想必熱鬧得緊。然而，翻遍了圖書館，卻沒有找到那要命的「小文」，勢成騎虎，阿壟等不知如何是好。

9 月 16 日，胡風再次致信阿壟，囑稍安勿燥，且授權宜之計如下：

信剪下附上。今天遇編者，云已收得十二件稿，都是罵他（指姚雪垠，筆者注）的。決定日內通看一看，選一篇或兩篇登出，告一結束，再打他一棍，同時不要他再麻煩。我想，我們這邊也不必老實到正面答覆他了。你寫一信給編者，頂多千把字……冷嘲幾句，對自白及出版處、住處等，說他地位站得好，時期選得好，曉得文化版不宜於解釋，他的要求是出於殺機，那就對不起，暫時只好讓他的殺機落空了。簡單地這麼一封信（措詞你們商定，像包著橡皮的鋼鞭子），同時刊出，就可以了了。不必對他多費精力了，雖然信裏也可以叫他把毒囊吐掉。否則，說不定還要剝一剝他的。即寫來，這裡也斟酌一下。

此時，胡風心中雪亮：姚雪垠沒有寫過什麼「重慶自白」，定是阿壟記憶有誤。然而，事情已經做到這一步，道歉是萬萬不能的。他讓阿壟等（參看上面引文中的「你們」）商議措辭，指示他們一定要繞開姚雪垠追問的「重慶自白」，而反唇相譏他企圖借國民黨之手誅殺異己。堂堂正正的胡風，言必稱馬列的文藝理論家，為流派利益所驅使，竟被迫做出此等下作事，真讓人大開眼界。

9 月 19 日，阿壟等的答覆文章寫成。

9 月 22 日，文章寄到上海。胡風當即回信道：「信和論四則都收到了。信，剛才斟酌了一下，日內和另一文同時發出，這個公案算是告一段落，由他著慌去。當然，還可以在別的地方爆發的。——這麼一來，他底生活關係完全弄清楚了。」

請注意「公案」二字，姚雪垠的奇冤就此鑄成；還請注意「生活關係」四字，當年指的是黨派關係。儘管沒有證據，也不需要證據，胡風等便生生地從政治上藝術上宣判了姚雪垠的死刑。胡風把文章交給樓適夷，很快便在《時代日報》發表。阿壟的文章題為《給文化版編者信》，文也不甚長，刪去無關緊要的枝節，摘錄如下：

> 編者先生：住在鄉下小城，今天才讀到了姚雪垠給你底信，和你底按語。他要我負責解釋三點。那麼，就在這裡答覆了。不過，主要是對你，特別是對讀者，我才負責；也正是為此，我才寫了那篇文章，和那樣寫法的。姚雪垠卻不配要我向他個人負什麼責：第一，自己從來沒有對誰也從來沒有對他自己負過什麼責；第二，他自己應該首先向一切負責；第三，他要我負責，是他別有作用，想誘我走到布置好了的火網裏去。假使我不被當前的形勢和事實所約束，在第一次的文章中我就可以直白無諱，不必取被壓抑的側筆的方式，那麼，今天姚雪垠連訴苦和詐賴的餘地怕也早就沒有了吧，我何必留此一洞？
>
> 現在，他要我負責解釋，是含有計謀的，前面有一個洞，激你自己跳下去。在今天，以文化版底地位而論，做這一類解釋，適宜不適宜？在今天，做這種解釋的人，是也等於做著一種「自白」的傻子的。在今天，他底地位是站得這樣好，他底時機是選得這樣好，（他底《論胡風的宗派主義》，就是站好了地位，選好了時機的），

解釋呢，你倒楣，不解釋呢，他得意，兩者必居其一。對不起，他底這種計謀，我是看到了的，我暫時只好讓他底這種計謀先落空一下再說。

不過，假使在胡風主編的刊物中發表過一點東西，對姚雪垠寫了一篇剝皮的文章，就是「胡派健將」了；則姚雪垠想一想他自己所吃所住所言所為，他該叫做什麼人？知道姚雪垠的人知道，姚雪垠自己更知道，還需要解釋麼？我底邏輯並不比姚雪垠高明，但是也不見得就比姚雪垠不高明。

這封信若去掉稱謂、問候語、署名和時間，恰好是胡風要求的「一千字」。阿壟等在信中切實貫徹了胡風的指示，不僅把不能公開答覆的責任反加諸姚雪垠，更處處暗示姚雪垠與國民黨特務機關有著不可告人的關係。由此事也可知，一位特立獨行的理論家，如果陷入幫派的泥沼，能幹出些什麼事來。

經過胡風親自挑選加工的「讀者來信」也在同期「文化版」上發表，署名「復旦大學一學生」，文章中有這麼一段寫得頗為滑稽：

我們要把姚雪垠這位色情作家，要當仇人看待哩。他底小說底讀者，是擁有剛開始愛好文學，而拼命地找東西讀的中學生，中學生讀者群中，成了他底小說發售的市場。因此，他底小說毒害了這些最初吸收雨露的嫩苗，姚雪垠底小說不是雨露，而是藥水，是殺死了我們健康的心靈，而開始向墮落的深淵下沉……這要怪我們文壇上的一些有成就的作家，他們一隻眼睛睜著，一隻眼睛閉著，姑息了姚雪垠，這個使我上當的色情作家，掛著虛偽的「革命」招牌，打著連自己也不大理解的「新現實主義」的旗幟，由他底心猿意馬，踐踏了我們年青一代的純潔的心靈，這是要同聲一哭的吧，這個損失是彌補不了的。除非立刻燒毀了姚雪垠底全部作品。

這真是「復旦大學」學生的文字嗎？水平也太差了！胡風精心挑選的所謂「讀者來信」，原本是為了渲瀉心中的怒氣，殊不知正好暴露出編造的痕跡，還說要「燒毀姚雪垠底全部作品」呢，文化專制主義也搬出來了。

樓適夷似乎也看出阿壟的文章和胡風泡製的「讀者來信」太不著邊際，慌忙打住。他在同期「文化版」上刊出「關於對姚雪垠的批評」的編者按，其中言不由衷地寫道：「我們只是一張報紙的小小的副刊，本身有別的許多任務，為著寶愛篇幅，對這個問題只好就此打住，不再發展，這只好請大家原諒了。」

（四）經此一役，姚雪垠固然被潑上了難以洗刷的政治污水，胡風等在客觀上也失去文壇人心。以歷史的眼光來看，姚雪垠得大於失，而胡風失大於得

「文化版」就這樣言不由衷地不體面地撤出了戰陣，然而，「胡風派」鍛鍊人罪的做法引起了諸多進步作家的強烈反感。

當時，中華文協總部已經遷到上海，主持日常工作的是老作家葉聖陶（老舍已去美國訪問），許多作家向他「控訴」胡風的宗派作風。據近年來公開的《葉聖陶日記》，其中便記載著若干則：

> （1947 年 10 月 10 日）上午，克家來，談文壇情況，於胡風頗不滿，謂其為取消主義宗派主義之尤，於他人皆不滿，惟其一小群為了不得。余於此等事向不甚措意，然胡風之態度驕蹇，亦略有不滿也。
>
> （1947 年 10 月 12 日）八時後白塵來談，亦頗不滿於胡風。
>
> （1948 年 10 月 19 日）下午，楊慧修來談胡風之為人及持論。此君自命不凡，否定一切，人家之論皆不足齒數，而以冗長糾纏之文文其淺陋。余於文藝理論向不措意，唯此君之行文，實有損青年之文心。」

解放前夕胡風等對姚雪垠又一次「清算」，對姚的政治聲譽固然有著極大的損害，卻玉成了其數十年的發奮創作；反觀胡風等此次的作為，固然得逞一時之快意，卻對改善本流派的生存狀態並沒有多大裨益。文壇人心的得失雖無法精確度量，但其影響卻絕不止於此時此事，筆者似乎沒有必要再饒舌了。

2004 年 10 月 27 日草

2005 年 5 月 19 日改寫

本文參考資料

1. 姚雪垠：《論胡風的宗派主義》，載北平《雪風》1947 年第 3 期。
2. 阿壟：《從「飛碟」說到姚雪垠底歇斯底里》，載 1947 年 9 月 3 日《時代日報》和《泥土》第 4 期。
3. 姚雪垠：《為阿壟一文致文化版編者信》，載 1947 年 9 月 13 日《時代日報》。
4. 編者：《關於對姚雪垠的批評》，載 1947 年 9 月 25 日《時代日報》。

5. 阿壟：《給文化版編者信》，載1947年9月25日《時代日報》。
6.「復旦一學生」：《一位讀者的來信》，載1947年9月25日《時代日報》。

2006年

舒蕪撰《論主觀》始末考〔註1〕

舒蕪1996年12月寫成《〈回歸五四〉後序》（載《新文學史料》1997年第2期），當時因手頭沒有可供佐證的原始文字資料，不當地引用了數十封胡風書信，而被胡風家屬指為「侵權」。後經協商，作者與胡風家屬互換了各自保存的對方書信。舒蕪根據新得的信件對該文作了大幅度的修訂後，收入《回歸五四》論文集（遼寧教育出版社1999年）及《舒蕪集》第8卷（河北人民出版社2001年）。

於是，《〈回歸五四〉後序》就有了兩個文本。它們的區別是，前者有數十封胡風書信，後者則代之以舒蕪同期書信；所關涉的若干史實，作者也根據新得的書信作了一些訂正。這樣，倒給研究者提供了更多的研究資源。下文為便於敘述起見，稱前者為「後序一」，後者為「後序二」。

細細比較這兩個文本，可以發現後者有一些頗具意味的改動。以下單就與舒蕪撰寫《論主觀》有關的史實進行考證，或許可以從中窺得被時間的塵埃掩埋著的歷史一角。

一

《論主觀》是與胡風集團命運有著重大關係的一件公案。多年來，當事者及學術界對該文的寫作及發表經過有過許多爭議。然而，由於各方掌握的原始文字資料都不夠多，所據的僅限於當事者的回憶，既缺少實證考察的基礎，又各執一辭，事情的真相便愈不可見了。

〔註1〕載《粵海風》2006年第3期。

舒蕪是《論主觀》的作者，按說他的回憶應該比較可信，其實卻不然。

在「後序一」中，他引用了胡風 1943 年 10 月 26 日的來信。胡風在信中寫道，可以按照《論存在》等文章的寫法把哲學的幾個範疇都寫一寫，並說，雖然所論不是現實問題，但可以給看現實問題時一個鏡子〔註 2〕。接著他便寫道：「後來我就依此提示寫了《論主觀》、《論中庸》等系列文章。」還寫道：「我覺得這確是好方法，便決計這樣一個一個範疇地論下去。」

他的這個看法曾為學界所認可。

在「後序二」中，他轉而引用了自己 1943 年 11 月 1 日復胡風的信，信中卻明白地表示不能接受胡風上面的建議。他這樣寫道：

> 接來信。文章勞神校抄，極感。寫《論存在》，是觸發於史托里亞諾夫的《機械論批判》；寫《論因果》，是觸發於休謨；寫《文法哲學引論》，則觸發於當時的論戰和庶謙的文章，裏面的議論其實都有所指的。
>
> 來信所云：「把每一個重要範疇都這樣討論一下」，當時確有這個雄圖的。但後來覺得，這樣逃於空虛，總不成事體，所以丟下手，一直到現在，也沒有心情了。只好「俟諸異日」。

舒蕪是在 1943 年 3～4 月間認識胡風的，在此之前，他在學術興趣上已經歷了從墨學研究到現代哲學的轉變。信中提到的《論存在》等三篇論文，所論的都是現代哲學範疇的問題。胡風說，這些都是「非現實問題」，他似乎並不服氣，作了一番解釋。胡風建議他繼續這樣寫，他聽出了對方的意思，表示不願「逃於空虛」。簡言之，不管舒蕪其後撰寫什麼文章，都不再是《論存在》等文章的繼續，而是改弦易轍後的產物。

胡風是《論主觀》的審閱及發表者，按說他的回憶應該比較可信，其實也不然。

1950 年，他在《〈為了明天〉後記》中，把發表《論主觀》說成是演「雙簧」：

> 當時還記起了一個故事。五四時候，劉半農用王敬軒的假名字在《新青年》上發表了一篇用文言文寫的攻擊新文化運動的文章，接著還是由他自己用本名寫了一篇反駁的白話文，那一出雙簧戲據說效果很好。所以我要求讀者「不要輕易放過，要無情地參加討論」。

〔註 2〕因該信未收入《胡風全集》，不便直接引用。

錢玄同託名「王敬軒」在《新青年》發表攻擊新文化運動的文章，是為了給後面的劉半農的駁斥文章開路；胡風發表舒蕪的《論主觀》，後面預備再接再厲的是《論中庸》；兩者無法類比。胡風「雙簧」的說法實在勉強，而且與同文下面這段話還形成了不可解的矛盾：

> 若干讀者以為《論主觀》尖銳地接觸到了當時的文化思想態度上的一些問題，連幾位有馬列主義修養的文化戰士都曾經贊許過。

1952 年，胡風在「胡風文藝思想討論會」期間，曾完全否定舒蕪撰寫此文時曾受過他的影響。1954 年他在「三十萬言書」中回顧當時爭辯情景時寫道：

> 舒蕪說他「記得很清楚」，他的《論主觀》是在我的《文藝工作的發展及其努力方向》的「啟示之下」寫的（打印本三頁）。但他的《論主觀》是在一九四四年二月二十八寫定的，不但文章後注得明白，還有他第二天給我的信〔註 3〕。

這種說法似乎很有依據，其實也只是巧辯之辭。說到底，他始終只願承擔發表該文的責任，並把這態度堅持到了最後。1955 年初他在《我的自我批判》中寫道：

> 我在我後期主編的刊物上發表過「論主觀」等實質上是宣傳唯心論和個人主義的文章，在讀者中間造成了有害的影響。對於這，我長期地只是把它當作一個發表的責任看，不能認識到這是從立場錯誤而來的、一個違反了黨的思想原則的帶政治性的嚴重錯誤。

舒蕪當然不同意胡風的上述說法，他在「後序」中努力陳述另一面的事實。

在「後序一」中，他曾引用了胡風 1944 年 6 月 9 日及 7 月 6 日的來信，胡風在前一封信中說，是否把《論主觀》拿出去，要看了《中庸》後再決定。在後一封信中，胡風表示，如果《希望》雜誌能獲准出刊，將先發表《論主觀》〔註 4〕。然而，研究者從這兩封信中並不能讀出比胡風的公開表白更多的內容。

在「後序二」中，他公開了自己當年的幾封致胡風的信件，時間比上述胡風的信更早，所述比胡風更詳細，言辭比胡風更清晰，為研究者提供了更多的研究資源。

在 1944 年 2 月 29 日的信中，他寫道：

〔註 3〕《胡風全集》第 2 卷第 462 頁。

〔註 4〕因二信未收入《胡風全集》，不便直接引用。

> 關於陳君的問題而寫的《論主觀》，已完成，兩萬多字。恐怕無處可送，只好大家看看的了。最近即寄或帶給你。
>
> 近來很覺得有許多一般和特殊的批判工作可作，但各處都在「尖頭饅」式的弄，很難衝出來。

從信中的口吻可以清楚地看出，寫信者是向收信人彙報近期工作的完成情況，換言之，收信人對該文的寫作是完全知情的；同時也可看出，該文是為了「批判」別人，而不是為了「引起批判」的。

在 1944 年 3 月 19 日的信中，他又寫道：

> 現在的遲疑，就是目前的問題：「暫且避避鋒頭」呢？還是仍然衝出來，並且更要趕快衝出來呢？那篇《論主觀》，現在是否可以送出去？整個的局勢，你看得清楚些，請你決定吧！

從該信的措辭中看得更清楚，《論主觀》的發表完全是為了主動進攻（「衝出來」），而不是伸出頭來讓人家砍（引起批判）；而且，舒蕪把發表與否的權力信任地交付給了對方。

二

前面已經摘引了「後序二」中舒蕪 1944 年 2 月 29 日致胡風的信，信中提及：《論主觀》是「關於陳君的問題而寫的」。

信中提到的「陳君」，指的是陳家康。此君當年在中共南方局工作，擔任周恩來的秘書，並在黨報《新華日報》和黨刊《群眾》裏負有一定的責任。信中所謂「陳君的問題」，指的是 1943 年底至 1944 年初，他和喬冠華等因幾篇文章而受到黨內批評的事情。信中說《論主觀》是「關於陳君的問題而寫的」，揭示該文主旨是為陳家康等受批評而抱不平，或是表示聲援，或是澄清是非。

舒蕪為何要撰寫該文為陳家康打抱不平，胡風為何要支持他干預政黨內部的行為？要說清這個複雜的問題，也許得簡要地追溯 1943 年陳家康、喬冠華等為響應中共整風運動而寫的幾篇文章，以及這幾篇文章如何引起了延安中宣部的不滿。

在「後序一」中，舒蕪曾引證了兩封中共的重要電文。第一封電文為《中宣部關於〈新華日報〉、〈群眾〉雜誌的工作問題致董必武電》（1943 年 11 月 22 日），電文中提到「現在《新華》、《群眾》未認真研究宣傳毛澤東同志思想，而發表許多自作聰明錯誤百出的東西，如××論民族形式、×××論生命力、×××論深刻等，是應該糾正的。」這三篇被點名文章的作者迄今仍未全部查明，關於「論民族形式」一文，有論者以為指的是胡風的《論民族形式問題》，但他的這篇文章從未見於這兩個報刊，因此存疑。第二封電文為《董必武關於檢查〈新華日報〉、〈群眾〉、〈中原〉刊物錯誤的問題致周恩來和中宣部電》（1943年12月16日），電文中提到了6篇「最近有問題之文章」。這6篇文章的作者、篇名與出處如下：

于潮（喬冠華）《論生活態度與現實主義》，載1943年6月《中原》創刊號。

項黎（胡繩）《感性生活與理性生活》，載1943年6月《中原》創刊號。

于懷（喬冠華）《怎樣研究時事問題》，載1943年8月24日《新華日報》第四版。

李念群《人的發現》，載1943年7月22日《新華日報》第四版。

沈友谷（胡繩）《論中國民族新文化的建立》，載1943年7月31日《群眾》第12期。

陳家康《唯物論與唯「唯物的思想」論》，載1943年9月30日《群眾》第16期。

董必武在致中宣部電文中概括了上述作者的「共同點」，寫道：「他們在這一連貫問題（筆者注：「關於人與人性，生活態度及人道主義創作，與宇宙觀的生命及生命力的問題」）上，觀點都相同或相近，已成系統，很危險。」「三位同志之相同點是偏重感情，提倡感性生活，注意感覺，強調心的作用，認為五四運動之失敗，由於沒提倡人道主義，主張把人當人。」

近年來，學界有人將當年陳家康、喬冠華、胡繩等人在20世紀40年代初發表的這幾篇文章提升為一場新的「思想啟蒙運動」，給予高度評價，且痛惜該運動的不幸夭折。這個說法實際是在舒蕪的「後序一」面世後才提出的。

在此，筆者不想探討這場「思想啟蒙運動」的得失，只想探究舒蕪為什麼說《論主觀》是「關於陳君的問題而寫的」，而不說是「關於陳君、喬君和胡君的問題而寫的」，須知當年受到黨內批評的並非只有陳家康一人。

簡要地說，這涉及到另一件本應轟動一時卻胎死腹中的歷史公案。1943年9月，舒蕪在胡風的暗示下撰寫「與郭氏論墨學文」，當年10月寫成五萬字的「反郭文」初稿，其後胡風向陳家康引薦了其人其文，並商定在喬冠華主編的黨刊《群眾》上發表。該文的寫作是舒蕪與胡風的第一次親密合作，從舒蕪的角度來看，他只是不滿於郭沫若在《墨子的思想》（載 1943 年 9 月 16 日《群眾》8 卷 15 期）一文中流露的「尊儒貶墨」傾向；從胡風的角度來看，顯然還有挑戰「旗手」的更為深遠的考慮。巧而又巧的是，當月《中宣部關於〈新華日報〉、〈群眾〉雜誌的工作問題致董必武電》突然發來重慶，陳家康等人受到黨內批評，該文的發表事也因此擱淺。此後，胡風仍竭力想讓該文發表，無奈次年初郭沫若又寫成《甲申三百年祭》，得到中共領袖的高度評價，「旗手」地位堅如磐石，胡風再也不能攖其鋒，「反郭文」於是胎死腹中〔註 5〕。

舒蕪的《論主觀》作於 1943 年底至 1944 年初，正是中共南方局按照延安電文精神進行整改時，也就是陳家康等人接受黨內批評期間。他對陳家康有特別的好感，不僅因為陳是胡風的好朋友，更因為陳讚賞過他的「反郭文」。

在舒蕪撰寫《論主觀》之前，胡風是否已經知道「兩岩」整改內情，是否將此內情透露給了舒蕪，致使舒蕪撰文時有著如此明確的指向呢？答案是肯定的。

據胡風自述，他很快就得知了重慶黨內整改的內情。他曾回憶道：「喬冠華等的文章在黨內受到批判時，葉以群大概是受徐冰之命，吞吞吐吐地想我表示意見。我沒有理他。」不僅如此，胡風還知道陳家康在整改中的表現。他曾回憶道：「後來，陳家康有一次對我提了一句：關於這個問題，只有他還有所堅持。當時感到他是認真地具體對待問題的。」〔註 6〕此外，陳家康等對整改的態度可從董老當年致中宣部電文中得到驗證，電文中有如下幾句：

> 他們在這一連貫問題上，觀點都相同或相近，已成系統，很危險，並警告他們，要他們反省，除×××有一點表示外，×、×並無表示。

顯而易見，胡風回憶的陳家康「還有所堅持」，與董老電文中的「×、×並無表示」，說的是同一件事情。至於他是否曾把這個信息及時傳遞給了舒蕪，並由此決定了舒蕪撰寫《論主觀》時聲援陳家康的明確指向性，目前尚無直接的證據。但考慮到舒蕪與陳家康沒有私交，他對陳家康境遇的瞭解只能來自胡

〔註 5〕筆者另寫有《舒蕪撰「反郭文」始末考》。

〔註 6〕胡風：《關於喬冠華》，《胡風全集》第 6 卷第 506 頁。

風。舒蕪能說出「關於陳君的問題而寫的《論主觀》」之語，應當是對「陳君的問題」有所瞭解。當然，他與陳在墨學研究上有共同語言，惺惺相惜，因而特別為陳抱不平，也是可能的。

「關於陳君的問題而寫的《論主觀》」，這是一個非常新的提法。

這至少說明，舒蕪在寫作《論主觀》前，對陳、喬等在黨內受批評事有所知聞；

這至少證實，《論主觀》具有明確的現實針對性，同時也具有敏感的政治目的；

這至少證實，胡風參與了舒蕪撰寫《論主觀》的全過程，不止於「發表」的責任。

三

《論主觀》是舒蕪為聲援受到黨內批評的陳家康等人而作，這是毫無疑義的。

在「後序一」中，他引用了胡風 1944 年 1 月 4 日的來信，胡風在信中寫道：

> 剛才知道，那一篇，他們決定不發表。前幾天見到陳君，他聽說自己方面已經「通過」了，所以我沒有急於打聽，而又無時間，但今天見到喬君，原來又翻了案（？）。他們當然也說了理由，但不必問，因為那是不成其為理由的。

信中「那一篇」指的就是「反郭文」，陳家康「通過」了，而喬冠華卻「翻了案」。雖是實話實說，卻使得舒蕪對陳長久地懷有好感。接著，舒蕪便寫道：

> 我的與郭氏論墨學之文，這麼難得出來，還不太使我惱火。另有更重要的事出來了，就是胡風告訴我：陳家康、喬冠華他們在內部受到批判，他們都被迫作了檢討……我覺得墨學已非重要問題，重要的是要對整個中國文化問題重新想過，於是著手來寫一部《現代中國民主文化論》。

顯而易見，引文中的邏輯有點問題，撰寫「文化論」根本無助於解決「更重要的事」。

在「後序二」中，他改用間接引證的形式復述了胡風上面的那封信，接下來的一段訂正為：

> 我的與郭氏論墨學之文，這麼難得出來，實在無可如何，不過我倒不太著急，因為這時我有更急迫的事要做，就是為了支持陳家康他們，寫一篇長文，題為《論主觀》。

這裡的因果關係就比較清楚了。舒蕪作此訂正，所依據的是他於 1944 年 2 月 28 日及 3 月 13 日致胡風的信。在前一封信中他通知對方「關於陳君的問題而寫的《論主觀》」已經寫成，在後一封信中，他提到「今晚開始寫」《現代中國民主文化論》。有文字資料為證，時間的錯訛便很容易得到糾正了。

現在要換個角度重新審視《論主觀》了，不能從該文的撰寫者和組織者企圖繼續推動「思想啟蒙運動」的角度，而要從他們如何干預政黨整改工作的新的角度。

《論主觀》從哪些方面「支持」了陳家康？有待具體分析。《論主觀》長約一萬五千言，分為十一節。舒蕪說該文「最中心的論點是宣揚個性解放」，又說：「我真正要說的話，其實是從第八節才開始」，且「可以歸納為五點」——

一、明確了所要反對的對象是「機械——教條主義」，其危害性是「我們目前的最惡劣的傾向」，其性質是主觀作用的自我「完成」，是「主觀作用的變革創造力的中斷或偏枯」，實際上指的是當時國民黨統治區內某些「左翼名流」，一方面和國民黨鬥爭，受國民黨壓迫，另一方面又因他們在統一戰線局面下享有的公開合法的地位名譽而沾沾自喜躊躇滿志的心態。

二、主張突破小圈子。我說：「今天，『文』有『壇』，『學』有『界』，『影劇』有『圈』，乃至其他更其光輝炫目的東西，也都各有其完整的小規模的宇宙。」這些小圈子都是「自我完成」的產物，又是加深「自我完成」的陷阱，必須發揚主觀作用來突破之，突破了才好充分發揮主觀作用。

三、反對「機械教條主義」在理論上的一些表現，如「對若干最基本的原則的死死株守，對一切新探討新追求的竭力遏抑」，又如「把別人也看作已經『完成』或應該『完成』的，從而抹煞別人內心矛盾的意義，抹煞別人主觀努力的意義」，又如「把階級決定論簡單化，把階級基礎對於具體的人、具體的精神文化的關係，說成近似於軍師旅團營連排班對於兵卒的關係」，等等。

四、不贊成陳家康他們提倡的一些手段，例如他們宣揚「自然生命力」，宣揚「感覺」「感情」，宣揚「敢哭敢笑敢罵敢打」的作風，等等，我說這些都不能達到反對機械教條主義的目的，只有發揚主觀作用才解決問題。

五、呼喚探索和追求。我說：「目前就應該先不管什麼後果，儘量容許一切新的探索和追求。探索和追求，是一切進步的動力；它會招致錯誤，它本身也會克服錯誤。」強調探索和追求中的主體性。我說：「『我們自己』就是一切研究的總的『座標』。確定『我們自己』的地位的惟一方法，就是主觀作用的充分發揚。」

概而言之，第一個要點所反對的「左翼名流」，指的是「崇儒貶墨」的郭沫若等人；第二個要點所影射的「更其光輝炫目的東西」，則暗指中共重慶組織；第三個要點所針砭的是中共重慶組織對陳家康等人從上而下的思想整肅；第四個要點是企望匡正陳家康等人理論的不徹底處；第五個要點則是呼籲將獨立的思想探索進行下去。

要而言之，該文所提倡的「個性解放」主要是針對「自我完成」的政黨組織的思想整肅手段而言的，該文鼓勵的「探索和追求」主要是針對政治權威「對若干最基本的原則的死死株守」的思想控制手段而言的。

直言之，在當年政黨組織全力推進思想整頓、思想統一（整風）的大環境下，這批黨外的左傾的知識分子卻要求繼續解放思想和獨立探索，要求通過「自己」的感受而不是外來的「說教」來發展馬克思主義，其志可嘉，其情可憫，然而卻不合時宜。

舒蕪非常清楚《論主觀》的政治指向性，他於是在完成第二稿的次日（1944 年 2 月 29 日）給胡風的信中這樣寫道：「恐怕無處可送，只好大家看看的了。最近即寄或帶給你。」

不久，舒蕪將此稿送交胡風。3 月 16 日胡風致信路翎，稱，「管兄帶來的還沒有看，遲點可以罷。」還寫道：「這兩三個月來，有一縷寂寞之感嫋嫋地圍著我，我還沒有分析過，我是連分析的熱力也無從打起。人是和小草一樣軟弱的東西，在砂石裏就會喪失自己的『生命力』似的。」

四

1944 年 3 月，對胡風和舒蕪來說，可謂面臨著人生道路的一次決定性的選擇。

當胡風向路翎傷感地流露出「寂寞」難耐、「熱力」難繼的心情之前，他已經讀到了來自「更其光輝炫目」處的一份內部材料，心中因陳家康、喬冠華的「變卦」而引起的惱怒已經被更其深廣的憂慮所沖淡，他彷彿看到眼前將展開一個更其廣闊而吉凶難卜的新戰場，能否繼續鼓動同人與政黨組織對抗，他頗有點躊躇難定。

他把這份材料轉交給了路翎和舒蕪，也許是想讓他們為將要投入的孤獨的苦鬥提前作好心理準備。這場苦鬥的性質將是「一面向那邊的復古運動進攻，一面向這邊的教條主義進攻」（舒蕪 3 月 19 日致胡風信）。

舒蕪在「後序一」中沒有提到這份材料，只是援引了胡風 3 月 16 日的信。信中有如下一段話：

> 沒有驪珠，實在寒傖。今天無聊看《老殘遊記》，作者所妙想出來的三教合一的產兒，一個半仙半俗的才女房裏有一對用蚌殼磨成，中點油燈的假夜明珠。那麼，我們也仿最超等流行式仿造一些出賣，發一點財，過一過「感性生活」如何？

他解釋道，「『沒有驪珠』云云，是因我寄給他看的詩中『未有驪珠媚釣徒』之句而發。我說的是陳家康等既在自己內部受批判，可見領導上要的是怎樣的『驪珠』，我們可沒有這個去獻上。胡風則說，我們雖沒有，何妨照時下流行樣式仿製一個假的呢。都是很牢騷的話。」

在「後序二」中，他引用了新得到的 3 月 13 日致胡風信，信中寫道：

> 看了關於陳君的那文章，（回來後又細看了，嗣興也看了。）覺得真弄得一團糟，似乎總要有人來做這「重新想過」的事也。
>
> 現在真是危機極多的時候，問題極多的時候。生活好像建立在一塊四根支柱斷了兩根的板上，時已感到傾側，聽到支柱繼續斷裂之聲、而本性又頗懶惰，緊張消失，就不免有「且睡一刻，管他媽的」的想法，極可惡，也極可怕。

他接著解釋道：「所謂『關於陳君的那文章』，指批判陳家康的一份文件。」這裡說的「文件」，即上文提到胡風得自「更其光輝炫目」處的那份材料。據識者言，該「文件」為油印本，是中共重慶「兩岩」內部整改時董必武對陳家康問題所作的結論。胡風是如何得到這份材料的？這份材料上寫了些什麼？又是如何轉送給舒蕪的？目前尚不得而知。不過，從舒蕪信中「一團糟」的評價，及胡風的「需要重新根本想過」建議，可以看出，他們絕不同意材料上對陳所作的批評及結論，他們的同情完全在挨批的陳的一邊。

舒蕪在此信中雖附和胡風的「重新想過」，卻又難以抑止地流露出怯戰情緒。他感到了「傾側」，聽到了「斷裂聲」，覺得「緊張」，甚至不時地感到自己情緒的「可怕」。究其實，舒蕪本是書齋裏的學者胚子，是胡風硬把他拉上「現實問題」的戰車的，如今更要扯上他向與政黨分庭抗禮的險途上走去。第一次合作是撰寫「反郭文」，第二次合作是撰寫干預政黨事務的《論主觀》，他覺得非常不適應。順便說一句，他在此信中流露出的「怯」意，幾乎延續在與胡風交往的全過程中。

在「後序一」中，舒蕪引用了胡風 3 月 16 日的覆信。胡風在此信中也是滿腹牢騷，措辭與舒蕪十分相像：

> 「重新想過」萬分必要，但也實不易。從前練武功有打沙袋子之事，幾年來，特別是近來，我覺得四圍有小沙袋子飛蝗似地撞來，實在應接不暇，弄到發生了「且睡一刻，管他媽的」的可怕情緒。當然，這些沙袋子一下打不死甚至打不傷人，但久而久之，人就會變成人幹的！《文化論》望能堅持下去。陳君已回老家去了，行前沒有見面機會。那麼，這裡就沒有什麼麻煩了，太平天下，但同時也就恢復了麻木的原狀。

信中轉告舒蕪一個新的信息：陳家康已奉令回延安。並推測中共重慶組織視其為「麻煩」，既不能說服他，並索性把他打發走了事。

在「後序二」中，舒蕪引用了自己 3 月 19 日給胡風的覆信。信中對陳家康奉令回延安的反應竟出奇地強烈，他慌亂地作著各種可怕的猜測，並雜亂地援引他們私下裏關於延安整風及陳、喬受批評等事的議論。信的開頭便寫得驚雷迅雨、暈天黑地：

> 陳君的回去，是奉到十二金牌了吧？想必要「面聖朝天」，集體的「奉旨申斥」或亦不可免，甚至像他自己所不幸而言中的「發遣伊犁為民」亦很可能；只是，我希望沒有精神上的「風波亭」！
>
> 我現在，頭腦裏像是充滿了血，看不清自己所寫的字。不是憤怒，也不是悲哀，更不是立下什麼偉大的決心。是昏然，昏然，絕對的昏然。感想很奇怪：起初看到時覺得出乎意外，後又覺得是必然的，後又在「覺得是必然的」的基礎上覺得出於意外，後又在這種「覺得出乎意外」的基礎上覺得是必然的，後又……終於就弄成了這樣充滿了興奮的昏然，和充滿了昏然的興奮了。
>
> 不為陳君而昏，不為十二金牌而昏，也不為可能的「風波亭」而昏，只是為你信中所說的那個「太平天下」而昏。在昏昏之中，

不知自己是站在那「太平」的「平」之上呢？還是埋在「平」之下呢？是被埋在那「平」之下的話，將能衝出來呢？還是永被埋著呢？但看現在的昏然，恐怕就是永將被埋著的徵兆。於是，我更覺昏然的興奮，益更覺興奮的昏然……

「一開始就是反動的」的基督教，教人要「忍受」，然後才可以「進天國」。先前，還在作「遺少」時，就不大相信這個話的，後來「轉入」進步陣營，自然更不相信這個話。但現在怎樣呢？我將相信它麼？不相信它麼？為了「進天國」而「忍受」，是不是必要的呢？請你告訴我，如果是必要的，是不是就等於永被埋住呢？並且，是不是就等於永遠看風轉舵，以得永遠的優勝，終於做成「導師」「權威」之類呢？也請告訴我！

上回聽你說，一切文件已送過去「進呈御覽」，那麼，究竟「聖意如何」？這回的十二金牌，是出自聖意的麼？

這封信中所蘊藏的原始信息之多，實在令人吃驚！當年胡風等左翼知識分子如何看待中共的整風運動，如何評價重慶黨組織對陳家康、喬冠華等人的批評，如何猜測黨內對持學術異見者的處理，都可以從此信中得窺一斑。

然而，這還不是最重要的，舒蕪在此信中提出了一大串讓胡風解答的驚心動魄的「？」號，可以洞察此時他的所思所想——他請求胡風更多地透露中共最高層對陳、喬等人文章的態度和意見，他請求胡風告訴他中共將如此處理惹「麻煩」的陳家康，他請求胡風明確指點他下一步該如何做，該做什麼？

這是蓄勢已久的不滿情緒的大爆發！「反郭文」五萬言，未能發表；《論主觀》二萬言，仍未能發表；現在又要寫《民主文化論》，到底能不能「衝出去」？要不要「衝出去」？他甚至對耳提面授的「以忍受以求得重生」的戰術也表達出強烈的不滿，認為這與「看風轉舵」並無區別。舒蕪，這個從純學術環境被硬拖進政黨政治鬥爭漩渦中的青年學者，瞻望前程，不寒而慄。

然而，由「昏然的興奮」而進入「興奮的昏然」的舒蕪，此刻卻只能把自己的學術前途和政治前途完全交付給胡風。他信任這位比自己年長 20 歲的魯迅的「大弟子」，信任他與先進政黨的友好關係及豐富的政治鬥爭經驗。接著，他又這樣寫道：

現在的遲疑，就是目前的問題：「暫且避避鋒頭」呢？還是仍然衝出來，並且更要趕快衝出來呢？那篇《論主觀》，現在是否可以送出去？整個的局勢，你看得清楚些，請你決定吧！我自己，即使不說別的，只由於上面所說的「昏然的興奮」，也覺得是要立刻衝出去，庶可以稍稍「發洩」；但如果在整個的局勢中有所妨礙，則其為罪戾，就「百身莫贖」了。這所謂「整個的局勢」，一即魯迅先生所謂「不要忘了『我們』之外的『他們』」，一即廣義的但真正意味上的「我們」。照我看來，似乎都沒有妨礙，但我所知甚少，不敢一定這樣相信。所以，還是請你決定吧！

平心而論，此時處於「昏然」狀態的舒蕪仍執有一份可貴的清醒，他知道若於此時發表《論主觀》固然可以替蒙受不公正待遇的陳家康鳴不平，但也擔心會因此而影響中共整風及對敵鬥爭的大局，他以魯迅先生廣義的「我們」自誡並告誡胡風，敦促胡風從大局出發考慮問題。

由此信可以判定，胡風和舒蕪都非常清楚《論主觀》的政治指向及敏感程度。

五

1944 年 5 月 25 日，胡風收到了《希望》「已准送審出版」的公函。同日，他給舒蕪去信，感情複雜地寫道：

脫難後的兩年多，我一直在等著這個希望，雖然理智上曉得是一個吃力的重負，但心情卻是旺的。但一旦實現了，忽然感到意料外的沉重。忽然感到非和無窮多的東西甚至我自己仇人相見不可了。借用一個誇大點的比方，好像一個軍人，接受了重大的危險的任務，但卻沒有準備，沒有武器，沒有自信，對於必要的條件沒有想清，而敵人卻是非常強大的。這時候我反而羨慕數年前初生之犢的盛氣了。

乍看上去，他的這番表述相當古怪。按照編輯《七月》的老套來編輯《希望》，一兩篇文藝理論文章，七八篇詩歌、小說和報告文學，就能把篇幅塞滿，輕車熟路，何難之有？然而，他卻把前景看得如此嚴峻，說是將要與「仇人相見」，彷彿他要做的不是編一本文藝刊物，而是要向世界宣戰。細究起來，也不奇怪。近兩年來，胡風所魂牽夢繞的並不限於文藝領域，而已擴大為思想文化界的諸多「現實問題」；他所要反對或抵制的主要對象或傾向也並不限於政治上的反動派，而比較集中於進步營壘內部，尤其是先進政黨內部限制思想自由的傾向。前兩年，由於手頭沒有刊物，他精心組織的「反郭文」和《論主觀》未能面世。如今，《希望》已獲准出刊，再拿出這些文章來，當然就無異於直接與「仇人相見」了。

他很想把《希望》辦得類似於郭沫若主編的《中原》，將視野從文藝界而擴大到整個文化思想界，承接起陳家康、喬冠華等倡導而不幸夭折的「廣義的啟蒙運動」。然而，欲涉足文化思想界，能否一擊而中且全身而退，便成了不能不考慮的問題。他在躊躇，他在權衡，一時拿不定主意。

在「後序一」中，舒蕪引用了胡風此期的幾封書信，可以從中一窺胡風當年飄忽的思緒。

他在 5 月 25 日的信中雖寫道：「只有迎上去，而且非抱著與陣地共存亡的決心不可。」但未提及將在《希望》上發表《論主觀》事。

他在 6 月 9 日的信中卻又稱，是否在《希望》上發表《論主觀》，要看了《中庸》再決定。

他在 7 月 6 日的信中表示，如果《希望》順利出刊，可以先發表《論主觀》。

胡風的猶豫持續了近三個月，他終於決定要從文藝界抽出一隻腳來跨入思想文化領域了，這一步邁得是何其沉重！

在「後序二」中，舒蕪援引了自己當年致胡風的幾封書信，可以從中窺得他們如何精心考慮既不削弱《論主觀》對敵方的震懾力，又不給己方帶來不利的影響的。

9 月 11 日，舒蕪致胡風：「又接嗣興兄（路翎）信，說是生了一周左右的不算小的病，余小姐已返渝。想起他看了《論主觀》後曾寫過幾條意見，剛才找出來。我想可以抄作附錄，大約能預防一些冷拳。你看要不要？」

幾天之後，胡風覆信舒蕪，非常欣賞他的未雨綢繆，並肯定地說，關於主觀的附錄，要的。有時不怕他們罵，有時要他們無法罵。前者雖然勇敢，但自以後者為得計也。又過了幾天，胡風再次致信，正式地寫出了對《論主觀》審讀意見。

9 月 27 日，舒蕪又致信胡風：「關於『主觀』的意見，當然不錯的。尤其第二點，我早就感到了。現寄上附錄，把你的意見也附上去了。我想這要好些。」

就這樣，為了「預防一些冷拳」，為了「要他們無法罵」，經過作者與編者的商議，《論主觀》的後面便拖上了一條長長的尾巴——附錄。「附錄」中摘引了路翎審讀初稿時提出的5條意見，及胡風審讀二稿時提出的一段意見，前面還有作者寫的一個小注，稱：

> 本文初稿完成後，即請路翎兄看過。他寫了幾條意見出來，我們逐項加以討論。當時的爭辯，記得是很激烈的，甚至到了『面紅耳赤』的地步。後來寫第二次，遵照他的意見而修改的地方很多，但自然也有一些是我認為始終不能接受的。現在，把它們全部附錄於此，以供參考。（1944年9月27日作）

仔細品味這段煞費苦心的「小注」，可知作者真是個「書生」！他似乎以為只要心懷坦蕩地陳述寫作和爭辯時的認真狀態——既從善如流，又堅持真理——便可以得到論敵的諒解，殊不知「認真」可視為「固持」，「爭辯」也可以視為「同謀」，而心懷坦蕩的「附錄」當然也可視為「陰謀」。

其實，在論文後加上「附錄」，只能再一次暴露出舒蕪對被迫捲入政治鬥爭漩渦的「怯」意。說是為了「預防一些冷拳」，當然是預計到這篇「關於陳君的問題」而作的文章發表後會引起中共權威人士的不滿，於是事先把已經看出的缺陷與不足一一公開，爭鳴者縱然可以尋隙而入，但更可能發生的情況則是，為避免「拾人牙慧」之譏而緘口。質言之，舒蕪的這個未雨綢繆之計雖是高招同時也是險招：說它是高招，是指後來它果然為相關人士提供了逋逃的捷徑；說它是險招，是指後來它卻成為編者轉嫁全部責任給作者的跳板。此是後話，在此不贅。

胡風收到舒蕪的信和「附錄」時已是1944年10月初，距離將全部稿件交付印刷廠的時間只有數天了，他還要趕寫一篇與《論主觀》「呼應」的文章，即《置身在為民主的鬥爭裏面》。

10月9日，胡風將全部稿件交付印刷廠發排。由於印刷廠的拖拉，刊物遲至1945年1月中旬面世。在這期以版畫《麥哲倫通過海峽》為封面的刊物上，登載了舒蕪的長達兩萬五千餘字的《論主觀》，主編者胡風在「編後記」中激情地寫道：

> 《論主觀》是再提出了一個問題，一個使中華民族求新生的鬥爭會受到影響的問題。這問題所涉甚廣，當然也就非常吃力。作者是盡了他的能力的，希望讀者也不要輕易放過，要無情地參加討論。附錄裏面所記下的意見，太簡單了，幾乎像是電報碼子，但如果能

有多少的啟示，使讀者從這些以及正文引出討論的端緒，我想，受賜的當不止作者一人而已罷。

當舒蕪讀到「編後記」時，他對胡風把《論主觀》提高到「一個使中華民族求新生的鬥爭會受到影響的問題」這樣重大的程度感到「有些吃驚」，但他沒有特別留意文中鼓勵讀者「要無情地參加討論」這句話，以為這與自己在文末贅上「附錄」的尾巴是同一用意，無非是故作姿態以堵住爭鳴者的嘴。沒有想到它卻是胡風日後為推卸責任而預埋的一個「伏線」，其作用很快就要顯現出來，最終變成分隔他倆心靈的萬丈鴻溝。

在《希望》創刊號上，舒蕪共發表文章 14 篇，其中論文兩篇（《論主觀》和《關於文化上「接受遺產」工作的一個建議》），書評一篇（《兩層霧罩下的黑格爾》），雜文 11 篇。

胡風統完稿後，曾有信致舒蕪（10 月 9 日），熱情地讚揚道：「你的佔了七分之二！」對於一個刊物而言，「七分之二」的篇幅都給了思想文化類的稿件，便不能再稱為文藝刊物，而應稱之為綜合性期刊。對於胡風及《希望》來說，「七分之二」不僅是個驚人的比率，它更象徵著胡風跨入思想文化界雄心的實現，象徵著《希望》對《七月》的改弦易轍和成功的超越。

沒有舒蕪的積極參與，胡風和《希望》將永遠只能停留在文藝的層面上，當然也不會惹出一場持續數十年的漫天風潮。

阿壟「引文」公案的歷史風貌
——羅飛《為阿壟辯誣》一文讀後〔註 1〕

羅飛《為阿壟辯誣——讀馬克思恩格斯合寫的一篇書評》（以下簡稱為「羅文」）一文，載《粵海風》2006 年第 2 期。文中再次論及 1950 年 3 月阿壟因在論文《略論正面人物與反面人物》中摘引「書評」中的一段話而遭到史篤（蔣天佐）用「偷天換日的手法構陷」的歷史公案〔註 2〕。

羅文是這樣簡述阿壟「引文」公案的：

> 這要從 1950 年 3 月說起。當時在我和幾位年輕朋友一同編輯的文藝月刊《起點》第二期上刊發的阿壟（用「張懷瑞」筆名）所寫的《略論正面人物與反面人物》一文開頭引用的馬克思的一段文字，即此書評的摘文。阿壟文章刊出後，史篤（蔣天佐）於 1950 年 3 月 19 日（也即《起點》出版後九天）《人民日報》上就刊出了以《反對歪曲和偽造馬列主義》為題的批評。兩天後（3 月 21 日）又發表了阿壟的「檢討書」並加了按語，坐實了被批評者承認錯誤的結論。當然這是明顯的誣陷，阿壟於 5 月 4 日寫出了近兩萬字長文力辯自己的無辜，但長文始終未得與讀者見面。

在這一小段文字中，時間誤植處有三：《起點》第 2 期的出版時間、史篤

〔註 1〕 載《粵海風》2006 年第六期。

〔註 2〕 羅飛曾在多篇文章中談到阿壟遭「構陷」事。參看《真的就是真的——憶我和胡風與阿壟的交往》（1992 年）、《五十五年後談〈起點〉》（2005 年）、《懷念為抗戰流過血的戰友阿壟——簡述一樁被遺忘的構陷》（2006 年）等。

文章的發表時間及阿壟「檢討書」的刊出時間。疏漏處也有三：忽略了阿壟在該事件中前後態度的變化，忽略了周揚等在這一事件中的作用，忽略了胡風等對這一事件的看法及提供給阿壟的應對之策。

鑒於該事件是當代文學史上的一樁公案，影響重大，筆者以為有必要再次進行審視，以期能使讀者較為清晰地一窺當年這場文藝鬥爭的風貌。

「引文」公案大致可分為兩個階段，一是阿壟在周揚的壓力下主動承認錯誤的階段，二是阿壟在朋友們的建議下進行反擊的階段。縷述如下——

一、阿壟聽過周揚的報告後，屈從於「思想鬥爭」的壓力，主動地承認了錯誤

關於第一階段阿壟在周揚的壓力下主動承認錯誤的過程，可參看如下時間線索：

> 1950 年 2 月 1 日天津《文藝學習》雜誌第 1 期發表阿壟的《論傾向性》。
>
> 3 月 1 日《起點》雜誌第 2 期發表「張懷瑞」的《略論正面人物與反面人物》〔註 3〕。
>
> 3 月 12 日《人民日報》發表陳湧的《論文藝與政治的關係——評阿壟的〈論傾向性〉》。
>
> 3 月 14 日周揚在某個會議上作報告，批評了阿壟的這兩篇文章，阿壟到會〔註 4〕。
>
> 3 月 19 日《人民日報》發表史篤的《反對歪曲和偽造馬列主義》〔註 5〕。
>
> 3 月 21 日阿壟寫成「致《人民日報》編者的信」，作了自我批評〔註 6〕。
>
> 3 月 26 日《人民日報》加「編者按」發表《阿壟先生的自我批

〔註 3〕羅飛在《五十五年後談〈起點〉》中曾寫道：「(《起點》) 原本一月上旬出刊，但為了等待批准登記，遲到一月二十日才出第一期，二期三月一日才出，磕磕絆絆，厄運不斷。」參看路翎 1950 年 3 月 7 日致胡風信：「《起點》二期，離寧前收到了。」他於 3 月 6 日離寧赴京，據此推算，《起點》應出版於月初。羅飛在此文中誤作 3 月 10 日。

〔註 4〕參看路翎 1950 年 3 月 16 日致胡風信。

〔註 5〕羅文說史篤文發表於「《起點》出版後九天」，誤。

〔註 6〕羅文誤將阿壟的寫作時間當成了發表時間。

評》。

3 月 14 日，即在陳湧的批判文章與史篤的批判文章問世之間，周揚（時任中宣部副部長）在北京召開的一次文藝幹部會上作報告，點名批判了阿壟的這兩篇文章。由此可以推斷，這次對阿壟論文的批判是中宣部（文藝處）組織的〔註 7〕。

阿壟參加了這次會議，受到很大震動，會後他便與朋友路翎談到準備寫檢討。兩天後（3 月 16 日），路翎致信上海的胡風，寫道：

> 守梅前天來聽周揚的報告了。我沒有聽。但聽說，報告裏提到了《論傾向性》、《正面與反面人物》。認為是思想問題。聽了的人都緊張，但也不著邊際。這詳情，大約守梅會告訴你的。他有頹衰退陣之意，我和蘆甸（和他同來的）勸他下工廠，寫報告。周揚曾說過，要展開思想鬥爭。不錯，這是思想鬥爭。但要看怎麼個鬥法。

路翎沒有參加這次會議，信中對周揚報告內容語焉不詳，只是對阿壟要寫檢討的表示略有微辭。胡風收信後，非常關注周揚報告究竟說了些什麼。他通過其他渠道繼續打聽，大致弄清了報告的基本內容。1954 年他在「萬言書」中提到周揚的這次報告，寫道：

> 一九五〇年三月十四日，周揚同志在文化部大禮堂向全京津文藝幹部做大報告，講的是接受遺產等問題。其中特別提到陳亦門同志當時發表的兩篇文章，態度激憤得很，把這當作小資產階級作家「小集團」的抬頭，危害性等於社會民主黨。他指著臺上的四把椅子說，有你小資產階級一把座的，如果亂說亂動，就要打！狠狠地打！還說，他們小集團中間也有為革命犧牲了的東平，為革命犧牲是值得尊重的，但當做作家看，那死了並沒有什麼可惜。這是第一次公開指名所謂胡風「小集團」打的。

所謂「社會民主黨」，指的是現代國際工人運動中主張社會改良主義的派別，據說以修正或改良馬克思主義為其主要特徵〔註 8〕。周揚將「胡風小集團」與之類比，顯然有脫去胡風「馬克思主義外衣」的意圖。眾所周知，周揚與胡風積怨甚深，他們本都是文壇的左翼，但一個常居「主流」，一個屈居「旁支」，

〔註 7〕1954 年 12 月周揚在《我們必須戰鬥》一文中稱：「我現在仍認為，四年前我們對阿壟的批評即使有缺點，在基本上卻是必要的和正確的。」可為參證。

〔註 8〕參看《聯共（布）黨史》。

二者為爭奪馬克思文藝思想正統地位進行過激烈的「宗派鬥爭」。解放前，這種宗派鬥爭表現為爭奪「大旗」〔註9〕；解放後，則表現為爭奪「毛主席文藝思想的唯一的正確的解釋者和執行者」的地位〔註10〕。大約在1948年，避居香港的一批中共文藝領導者已確認：「胡風是以馬克思主義者的面目出現的，但我們認為他不是馬克思主義者，有些人甚至有一種誤會，以為他的理論就是黨的理論，這是必須講清楚的。〔註11〕」從這個角度來看，1950年阿壟「引文」公案實際上是1948年「香港遺風」（胡風語）的繼續。

3月12日陳湧在《人民日報》發表《論文藝與政治的關係》，已經批判到了阿壟《論傾向性》一文中對毛澤東「延座講話」的「魯莽的歪曲」。3月19日史篤（蔣天佐）在《人民日報》發表《反對歪曲和偽造馬列主義》，其著眼點也是「保持馬列主義學說的純潔性，隨時隨地向一切歪曲、玷污馬列主義的、冒充馬列主義的『理論』作堅決的鬥爭」。史篤指責阿壟「歪曲和偽造馬列主義」，其依據是阿壟在文章中引證導師「書評」的某段話時沒有摘引完全，認為阿壟故意隱瞞了「暴露作者的那兩句」，「做出馬克思把特務的著作推薦給我們作『範例』和『方向』的罪惡推論」。

阿壟聽過周揚的報告後，已產生了「頹衰退陣之意」；讀過史篤的文章之後，更感到無可名狀的惶惑。就在史篤文章發表的當天，他給胡風寫了一封信，全文如下：

谷兄：

今天看到天佐批評我關於論人物的一篇（二期刊的）。

我犯了一個嚴重的錯誤，如同用爆炸物爆炸了自己，如同必須刺瞎自己底眼睛，為了好，反而不好，心中極難過！

事情是這樣的。我抄了《科學的藝術論》中的一段話，在我底筆記本中；但是不知道為什麼沒有抄最後一節話，而關鍵卻在這最後一節話。其次，這書譯文又錯了。

這個譯文，我對它的理解是這樣的：首先，談到人物底生活，

〔註9〕胡風1945年5月29日給舒蕪信，告之應「把大旗抓到手裏」；1948年2月20日致阿壟信，也稱：「大的旗子要拿在手裏。」

〔註10〕參看胡風「三十萬言書」。

〔註11〕彭燕郊：《荃麟：共產主義聖徒》，載《新文學史料》1997年第2期。早在1948年邵荃麟就曾指出，胡風「處處以馬列主義與毛澤東文藝思想者自命」。《論主觀問題》，載1948年12月《大眾文藝叢刊》第5輯。

我以為那是說的生活內容；其次，談到他周圍的各種人們，我以為這是說的社會內容。因為作品底思想內容，是反映社會生活和現實鬥爭的東西，而這個東西，正是血肉的生活內容，鬥爭的社會內容或者歷史內容。由於這個原因，我就這樣來理解馬克思底話，不，我就這樣來理解那個譯錯了的譯文！

但是，雖然譯錯了，但是最後兩句話卻是存在的，我底錯誤在這裡！抄本上，沒有抄下！而書，買遍了杭州，在上海也找不到，就寫了那篇東西！一直到這裡來時，杭行兄才送我這書，我才得到這書。

非常痛苦和洩氣。自己，也可以說白活，活該！但是，對師友們，我底罪過多大！

蘆甸說，我下次到北京時最好找周揚談一下。我很衝動。你以為怎樣？我要說明，由我自己一個人負這個責任。

祝好！

梅三月十九日

去看他，是不是可以解決問題，即使只是這麼一個問題呢？

阿壟這封信的內容非常豐富，舉其大者有四：第一，承認文章「引文」有錯，錯在沒有抄錄「最後兩句話」；第二，他已查閱了杭行（即羅飛）送給他的《科學的藝術論》，確認「最後兩句話卻是存在的」；第三，認為自己對「那個譯錯了的譯文」的理解也有錯誤；第四，他覺得此事連累了「師友」，這一點與周揚報告中對「小集團」的批評有關。概而言之，阿壟除了否認史篤的「故意隱瞞」這一指責之外，幾乎承認了史篤的其他批評。

然而，羅文為了「辯誣」，迴避了阿壟曾承認錯誤的史實，也避而不談他當年送給阿壟的那本《科學的藝術論》中是不是確實存在著「最後兩句話」。這樣，讀者也就無法理解阿壟當年為何在政治壓力下迅速作出妥協，而且表現得那麼「痛苦和洩氣」的真實原因了。

阿壟寄出給胡風的信後，未及等到覆信，便起筆撰寫「檢討」。（補充：1950 年 3 月 24 日阿壟給胡風信：「魯（藜）兄曾說，要我寫好後寄給你們看。這當然好，可以在問題上、態度上做斟酌。」該信收入《堅決徹底粉碎胡風反革命集團》（2）198 頁，人民出版社第 424 頁）3 月 21 日寫訖，隨即寄給《人民日報》。3 月 26 日《人民日報》以《阿壟先生的自我批評》為題發表了阿壟的檢討，全文如下：

編者同志：

《論傾向性》和《論正面人物和反面人物》，都是我寫的。兩篇批評也看到的。這使我痛苦。我要好好進行檢討，和完全接受指責。

對於我個人，特別犯了嚴重的錯誤，是引文的方面。我應該負擔全部責任。因為，從我自己看，這已經不是一個思想問題或者理論問題，而是一個不可饒恕和不可解釋的政治問題了！

首先，經過是這樣的：我貧乏，不能夠完全得到所要的書籍。因此，我有幾個筆記本，借書看的時候，就把值得研究和思考的文句摘錄在上面，我這樣做了幾年。《科學的藝術論》，我原來認為是一本有教育意義的書，對於學習文學的人更是如此。我重視這本書，但是我自己手邊卻沒有，尤其解放前我被通緝，生活不定，不可能帶書，只有利用鈔本的辦法。解放以後，在杭州我找遍了各書店，買不到；在經過上海時候，也找過，還是買不到；還請託過一些友人為我留意，給我買。這事情，有的同志是知道的。文章是去年九月間在上海住的時候寫的。寫的時候，根據的是手邊的摘錄得不完全的那個鈔本，就犯了這個大錯誤。無論如何，責任是我的。

其次，對於新的情況瞭解不深，問題提得不全面，分析不夠，這當然也是我自己應負的責任。

再次，我是這樣理解那一段引文的：說到「私生活」，我誤以為那是說的人物底生活內容底的一面，要寫他們的生活內容的；說到「和一切形形色色跟在周圍的人一起」，我誤解為所反映的是社會內容，即反映了的是人與人之間的關係，糾葛，接觸，衝突和矛盾的。而且，又誤解了「指示給我們看」這一句話。——才得出了這一錯誤的結果。

最後，十幾年來，在國民黨統治之下，第一，我受不到黨的教育；第二，陣地是分散的，孤立的；第三，我沒有好好受過教育，完全是自學的，這樣，使我在許多地方不能夠深入，而造成了這一次大的錯誤。

錯誤在我，請多批評，給我幫助，真誠地！

此致

阿壟　3 月 21 日

可以看得很清楚，這個「自我批評」與上面寫給胡風的信，其認識水平是完全一致的。

如果說，阿壟在「自我批評」中對史篤的批評也並未提出任何異議，也許沒有說錯。阿壟是坦誠的，他甚至不憚於說出這樣的話來：「從我自己看，這已經不是一個思想問題或者理論問題，而是一個不可饒恕和不可解釋的政治問題了！」顯而易見，他的「自我批評」已接近了周揚報告中關於「社會民主黨」的提法。

正因為此，《人民日報》「編者按」才會充分肯定阿壟的態度，周揚、袁水拍其後才會要求阿壟繼續就兩篇文章的「論點」作更深刻的檢討，才會有後來的一系列的問題發生。

二、胡風等當年對「引文」公案的反應

羅文認為，《人民日報》為發表阿壟的檢討所加的「編者按」，「坐實了被批評者承認錯誤的結論」。這種說法有待商榷，且看「編者按」全文：

> 本刊（指該報的「人民文藝」週刊，筆者注）在三十九期與四十期上發表了陳湧的《論政治與文藝的關係》及史篤的《反對歪曲和偽造馬列主義》，批評了阿壟在天津出版的《文藝學習》第一期上發表的《論傾向性》一文及他用另一筆名（張懷瑞）在上海出版的《起點》第二期上發表的《論正面人物與反面人物》一文。現在阿壟先生來信表示接受批評。我們認為他的這種勇於承認錯誤的精神是很好的，值得歡迎的，並且相信，經過這種批評與自我批評，我們在文藝思想上將最後達到一致。茲將阿壟先生的來信發表如下。

可以看得很清楚，「編者按」並未「坐實」什麼，只是對阿壟的「精神」作了高度肯定，並表達了團結、批評、團結的願望。質言之，在當年的政治文化環境中，「編者按」的口氣是非常緩和的，當然，這與阿壟檢討所表現出來的誠懇態度也有關係。

現在要探討的問題是，當年除了周揚、史篤、《人民日報》的編者及阿壟本人「坐實了」引文有錯以外，胡風等人對這樁公案的看法究竟如何？

羅文中引用了當年盧甸、呂熒寫給胡風的兩封信，兩信都明白無誤地默認了阿壟「引文」的錯誤。見如下：

盧甸（1950 年 3 月 21 日）給胡風的信：「第二篇批評文章出來後，當時

我簡直給弄呆了：亦門犯了一個冤枉的錯誤，但這是一個嚴重的錯誤！」

呂熒（1950 年 6 月 21 日）給胡風的信：「關於守梅兄的文字都看到了，我覺得守梅兄該寫一篇『歪曲和偽造不是批評』來答覆的。（自然，引文是錯了）。」

這兩封信都被收入了《關於胡風反革命集團的材料》，在 1955 年「胡風集團案」的定性過程中起了一定的作用。羅文似乎很為它們被「利用」而惋惜，但卻不能對盧甸、呂熒當年的看法作出合理的解釋。

實際上，這樁「引文」公案只能放在當年的政治文化環境中才能破解。當年，何止於盧甸、呂熒兩人持這種看法，胡風、綠原、路翎等人的看法也莫不如此，請看下例——

綠原（1950 年 4 月 5 日）給胡風的信：「前天我看到梅兄的《啟事》，非常痛苦。我原以為可以不必做聲的，但看來其中或有若干勸誡和考慮的。梅兄太真誠，太坦白，不能承擔這種威嚇性的誣衊；不過我覺得總該對那些原形們反刺一下才好。……形勢變化了，鬥爭方法也應該變化；對象底本質雖然依舊，但衣裝換季了。我們首先必先站穩，努力做到減少天真無『邪』的誤解，不使擴大這個可能。……」（信中涉及到阿壟與蔣天佐的歷史恩怨，且待後述）這封信也被收入了《關於胡風反革命集團的材料》，羅飛沒有引用。

謝韜的看法也是如此。路翎在 1950 年 4 月 8 日致胡風的信中寫道：「昨晚見到謝兄的……他高興梅兄在報上發表的那檢討，說那樣把自己攤出來是有利的。他們那裡的人印象都很好。」

路翎本人的看法也是如此。路翎在同信中寫道：「梅兄前天曾來，他們要他寫一點思想上的批評，他預備寫。我的意思是，具體地說明自己哪些論點是錯誤的（例如翻譯的文字的問題，論政治性時沒有注意到一定程度的政治與藝術的游離性，說到觀念和現實的『敵對性』時太偏了，說到階級立場與現實主義時沒有把握好那矛盾統一的關係，等等），但也要在中間指出，對方的哪些論點（例如蔣天佐的關於生活的胡說）也是不對的。把批評對方包在對自己的批評裏。」

胡風的看法同樣如此。1954 年 11 月 7 日胡風在《在中國文聯主席團和中國作協主席團聯席擴大會議上的發言》（《胡風全集》第 6 卷）中寫道：「在解放後，他（指阿壟）寫了兩篇文章，受到了《人民文藝》的批評。批評當然是平常的事情，但由於他引用的馬克思譯文有錯誤，又引掉了兩句原文……阿壟做了自我批評，要做檢查，對引文的錯誤擔負了完全的責任。」

從以上幾例可以清楚地看出，當年胡風等無一例外地認為阿壟「引文」有錯。當然，這不能說是「坐實」，只是承認事實而已。

附帶說一句，羅文中對「三種譯文」進行了比較後，認為史篤文中指出的「謬誤的貽害讀者的譯文也要負它應負的責任」一句，包含著對譯者樓適夷「更惡劣的誣陷」。參看胡風上面提到的「他引用的馬克思譯文有錯誤」一句，可知胡風對史篤的這個批評也是默認的。

羅文還認為「阿壟引用馬恩這段摘文目的在於闡述『怎樣來寫正面人物』而不是其他」，這當然是對的；實際上，不管「引文」中是否漏掉「最後兩句」，也是不能如阿壟那樣推導出「馬克思卻把它們作為一個範例，甚至方向，向我們特別地提了出來」這個結論的。這裡，似乎涉及到治學的態度問題，勿庸置疑，所謂「範例」和「方向」之說與馬恩的原意相差實在太遠。

如果把考察的視野放寬一點，可以發現，胡風等對阿壟治學不夠嚴謹的毛病早就有過批評，有興趣者不妨查閱胡風通信錄。這裡只舉兩例，而且都是與阿壟與蔣天佐（史篤）的歷史恩怨（論爭）有關的信件——

1948 年 1 月 27 日胡風在給阿壟的信中寫道：「《中國作家》二期已出，明天寄上。關於語言，我想可以再寫一篇，他的曲解也是因為你的行文是有這間隙的。方言要肯定，民間形式也有某種限度的用處。問題是怎樣肯定，基於什麼的『用』，不作進一步的分析，他們會曲解下去的。」該信談的是阿壟與蔣天佐爭鳴的論文《語言片論》，胡風批評其「行文」不夠嚴謹，有一概抹殺「方言」和「民間形式」之嫌，因而被蔣天佐抓住了「間隙」，信中提到的「他」指的就是蔣天佐。

1948 年 2 月 20 日胡風又在給阿壟的信中寫道：「下筆前，要考慮一下總的形勢和對讀者的效果。要站地位（大的旗子要拿在手裏），要鎮定（不是冷靜），性急是不好的。（例如方言與民間形式，要現出冷靜的分析姿態）例如答佐君的，說羅蘭也是……麼，這不是做法。說別林斯基如何，我上次確似見過這說法，但這次找他的所說的，卻不見。如引用，寧兄有書，就應查一查。不能隨便的。今天，我們的工作要帶啟蒙的性質，每一論點都要考慮到反應。對歪纏者，得現出冷靜的分析姿態。我們有自己，但任務總是為了解除他的武裝，而且，對於有些人，還得現出只是為了解除他這——次用得有害的武裝。當然是人的問題，但要記得那個人是有各種武裝的。有效地解除一次，有效地解除一件，實際上也等於解除了其他的。寫成了應擱開一兩天，再看一看，斟酌一下。」該信談的是阿壟繼續與蔣天佐爭鳴的論文《語言續論》，信中的「佐君」指的是蔣天佐。胡風在信中批評阿壟「引用」羅蘭、別林斯基時過於「隨便」，建議「查一查」原書。由此可知，胡風對阿壟「引文」的毛病是早有覺察的。

史篤（蔣天佐）《反對歪曲和偽造馬列主義》一文的立論就是從阿壟「引文」的毛病發難的，他當是早就發現了對手在這方面的缺陷，蓄勢已久，一擊而中，使得阿壟不能不承認「錯誤」。

路翎對阿壟治學不夠嚴謹的毛病也早就有過批評，早在1947年他在與胡風的通信中就不止一次地談到對阿壟和方然主編的《呼吸》的「意見」。1952年3月12日陳湧的《論文藝與政治的關係——評阿壟的〈論傾向性〉》見報的當天，路翎給胡風的信中寫道：「今天的《人民日報》『人民文學』裏有批評守梅的《論傾向性》的。陳湧寫的。站在街頭匆匆看過。守梅那篇我沒有細看，但大約是用語、說法上叫人抓毛病了……守梅叫抓住的是『藝術就是政治』這一看法。」順便提一句，阿壟的「藝術即政治」觀念形成於抗戰後期，他曾持這一觀念橫掃文壇，如今又從毛澤東的「藝術觀」中一步一步地推導出來，頗有點「六經注我」的意味。

阿壟為「引文」事作出公開檢討後，胡風十分惱怒。4月16日他給武漢的綠原去信，信中譏阿壟「裝死躺下」，並寫道：

> 梅兄是受逼出來的吧，但主要還是他自己太弱。這一下，可從友情的溫室被拖到了風雨原野上面。數月前，我勸他不要寫論文他還一點也不注意呢。聽說還要寫一篇或多寫。好吧，情形既已如此，就索性站到風雨原野上去。這完全看他自己。我覺得，寫一篇交代一下，那實在是必要的，多寫與否，那就得看情況了。這也完全看他自己。

信中提到「數月前，我勸他不要寫論文……」，是確有其事的。1949年6月6日他在給阿壟的信中確實這樣勸過：「文協工作，做點具體的事情，幫助學生，到工廠搞文娛活動之類。刊物，能弄最好，但不必弄具體理論批評，只就政治要求上去擴大號召罷。」這裡，有策略方面的考慮，也有對阿壟行文不嚴謹的擔心。

三、阿壟為何要寫反批評文章及其他

關於第二階段阿壟在朋友們的建議下進行反擊的過程，可參看如下時間線索：

4 月 6 日阿壟來京參加「茶話會」，周揚和袁水拍讓他「寫一點思想上的批評」〔註 12〕。

4 月 8 日路翎給胡風去信，談到建議阿壟行文時應「把批評對方包在對自己的批評裏」。

4 月 15 日胡風致信路翎，贊同讓阿壟「寫一篇」，作為「退兵的一戰」。

5 月初阿壟寫出近兩萬字的長文《關於「略論正面人物與反面人物」》。

6 月 22 日路翎給胡風去信，談到阿壟寄給《人民日報》的長文被退回。

6 月 25 日胡風給路翎覆信，建議阿壟應該「無數遍地寄來就寄回去」。

上面已經寫到，自阿壟在《人民日報》發表自我批評之後，胡風對他就很不滿意，譏其「裝死躺下」。按照胡風的性格，他一向以為「如能變成『過街老鼠』，倒也比裝死好一些的」（胡風 1944 年 8 月 2 日致路翎信），然而，阿壟卻不具備這樣的氣質。

與此同時，阿壟的自我批評卻得到了周揚等的高度評價。周揚等馬上約阿壟來京談話，希望他能再具體地就其兩篇文章的觀點寫出檢討文章來。

胡風非常注意周揚等此時的舉動，於 3 月 23 日致信路翎，寫道：「梅兄匆匆來京談話，不知如何？見到談起時，可告我。」

路翎 4 月 8 日回覆胡風，寫道：「昨晚見到謝兄（指謝韜）的……我告訴他，梅兄前天曾來，他們要他寫一點思想上的批評，他預備寫。我的意思是，具體地說明自己哪些論點是錯誤的……但也要在中間指出，對方的哪些論點（例如蔣天佐的關於生活的胡說）也是不對的。把批評對方包在對自己的批評裏。這個，謝兄覺得很好，但他認為，即令這樣，對方也一定不會甘心收場，因為他們正是不想收場的。他認為最好還是不談，因為現在還不是能夠把問題

〔註 12〕參看路翎 1950 年 4 月 8 日致胡風信。

都攤在群眾面前的時候。梅兄前天來，是參加茶會的。周和馬凡陀都要他寫一點，他想回去就寫。我覺得謝兄的看法也有道理，預備寫信給他，把這些再研究一下。我覺得，主要的是要來一個清楚明白，把對對方的批評包在自我檢查的方式中。」

胡風又於 4 月 15 日致信路翎，寫道：「梅兄事，那表示，有謝兄所說的好的一面，但另一面是使對方起可欺之感，使群眾起悲觀情緒。我以為，寫一篇是必要的，但作為退兵的一戰，只就引用文及相關的如生活問題提出解釋和反駁，其餘都保留。而且要使讀者感到，不是不討論，而是不願戴帽子……」

如果說，阿壟在撰寫「自我批評」時並沒有徵求胡風等的意見，是他個人的行為；那麼，他此時就其兩篇文章的觀點所寫的文章（《關於「略論正面人物與反面人物」》等），則是按照胡風、路翎的建議而起筆的。根據羅文摘引的部分段落，可以清楚地看出，他確實是按照路翎的建議來做的，即「把對對方的批評包在自我檢查的方式中」。

值得一提的是，周揚等在約見阿壟時，還曾提出想和路翎見面談談。路翎為此感到緊張，便寫信（4 日 8 日）給胡風徵求意見。胡風覆信（4 月 15 日）稱：「見面事，你考慮著辦罷。不見，也許會加大敵心；去見，連著梅兄事，也許會引起可欺之感。」並叮囑道（5 月 31 日）：「問到梅事，似應避開，例如沒有細看，覺得問題很多云云。」胡風此時已視周揚為「敵」，他的這種態度對周圍的青年朋友有很大的影響，路翎沒有去見周揚，阿壟也沒有按照周揚等的要求撰文，事態於是擴大了。

按照羅飛的說法，阿壟是 5 月 4 日寫成《關於「略論正面人物與反面人物」》的。周揚閱後，給阿壟寫了一封退稿信，對其仍將「私生活」指為「方向」提出了批評，並具體地分析了「私生活」與「個人生活」及與「政治的、社會的活動」的聯繫和區別。平心而論，在當時的政治文化環境下，時任中宣部及文化部副部長的周揚能這樣對待一位並不很出名的作家，似乎不應受到苛責。然而，羅飛卻認為周揚信中不該指責阿壟文章「態度不好」，認為這是「周揚的偏見」，並寫道：「我見到阿壟未刊的原稿有最後一章《附帶的話》，共有六條，其表態都極為謙虛恭順。第六條云：『對史、陳兩位，稱同志，是我表示一點敬意。其實自己卻是深深羞愧的。』簡直謙卑之至，周揚還嫌態度

不好，奈何？」〔註 13〕

關於阿壟未刊稿是否如羅文所說的「謙卑之至」，可參看路翎 6 月 22 日致胡風的書信。信中提到周揚退稿後，他與阿壟、謝韜、徐放進行了商議，涉及到了阿壟行文的「態度」問題。信中寫道：「梅兄曾來……他的文章已退回。我們曾去謝韜處，並會到徐放，談了很久，他們認為這文章應該態度好才行。」既說到「應該態度好才行」，當然指的是未刊稿「態度不好」，他們的意見竟與周揚一致，「奈何」？

在同信中，路翎還談及幾位朋友對「退稿」事的商議結果，他寫道：「我曾建議梅兄，再寫一稍稍有力的信，再把文章寄去。或者改一改再寄去，看他怎麼辦？弄在小刊裏發表是不好的。如果他再不理，就真的弄到上面去。」胡風 6 月 25 日覆路翎信，寫道：「你對梅兄的建議對。其實，他一收到就應該自己考慮，馬上知道只應該那樣做。改一改，也可以的。那也是由於自己天真，還沒有想到應該說幾句空話，當作大旗。他應該，無數遍地寄來就寄回去。」

於是，阿壟便按照胡風等朋友的建議，「無數次地寄來就寄回去」，甚至在收到退稿的當天又原封不動地再寄回去，還說「非登不可」。作家李輝曾為此贊道：「可愛的阿壟，他好像是一個生活在天上的人。」（《胡風集團冤案始末》）作家吳過也稱讚道：「他仍堅持這樣做，完全是出自良知。」（《胡風案中的兩個人物》）實際上，阿壟是在「友情」的驅動下才這樣做的，已根本不在意能否發表。胡風洞若觀火，在致路翎的信（8 月 24 日）中寫道：「梅文，也不過為了去頂一頂，當然不會有結果的。」

還有一個小插曲，魯藜也讀到了周揚的退稿信，他贊同周揚對阿壟稿的處理，並說：「周主編的回信，說發表了反而於作者不利，也是一種照顧，也是對的。」（見路翎 7 月 15 日致胡風信）不久，魯藜作《〈文藝學習〉一卷初步檢討》，對發表阿壟的《論傾向性》一文作了批評和自我批評。阿壟寫信給路翎，抱怨魯藜「拿他來洗手」，路翎氣憤地說：「我們是一些私生子！」

1954 年 11 月 7 日胡風在《在中國文聯主席團和中國作協主席團聯席擴大會議上的發言》（《胡風全集》第 6 卷）中重提阿壟「引文」公案，他說道：

> 後來，周揚和袁水拍同志要阿壟就論點寫文章，阿壟寫了兩篇，送給這次寫《質問文藝報編者》的袁水拍同志。大概經過了一些討

〔註 13〕筆者按：阿壟寫的這「第六條」，似乎含有「羞與為伍」之意。實為反諷，並無謙卑之態。

論罷，但過了四年一直沒有處理，沒有消息，還壓在袁水拍同志那裡，阿壟也就一直戴著「偽造馬列主義」的帽子，這使他陷在極端困難的處境裏面，而且還不斷地受到打擊。

其實，1950 年文壇空氣並不是那麼嚴峻，阿壟在「引文」事件之後，處境也並不如胡風所說的那般「極端困難」，除了寄往《人民日報》的那兩篇文章未能獲准發表外，他仍「不斷地」發表文章，「不斷地」參加各種社會活動。請看如下的不完全統計：

1950 年 8 月 1 日，阿壟《談龐大題材》，載天津《文藝學習》2 卷 1 期。

9 月 1 日，阿壟《小題目和小事件》，載天津《文藝學習》2 卷 2 期。

10 月，阿壟出席首屆天津文代會，為正式代表。

11 月 13 日，阿壟出席天津市文聯會議室召開的天津市詩歌工作者座談會。

1951 年 1 月 1 日，阿壟《形象漫談》，載天津《文藝學習》2 卷 6 期。

關於阿壟「引文」的歷史公案，其歷史風貌大致如上所述。

2007 年

胡風詩《歡樂頌》之考索（未刊）

一

胡風的組詩《時間開始了》第一樂章《歡樂頌》，寫成於「1949 年 11 月 11 日夜 10 時半」，改定於「11 月 12 日夜 11 時」，原載 1949 年 11 月 20 日《人民日報》，1950 年由上海海燕書店出版單行本。1954 年初，胡風曾「加以整理，交馮雪峰同志審閱」，準備在人民文學出版社重新出版，惜未實現。80 年代初胡風平反覆出後，補寫了「題記」，再次進行了修訂，收入《胡風的詩》，中國文聯出版公司 1987 年 3 月出版。

胡風在該詩的「題記」中寫道：「1949 年 9 月，在中國共產黨主席毛澤東主持之下，中國人民政治協商會議隆重開幕。」作者確認該詩是為首屆政協會議開幕式（1949 年 9 月）而作。

1991 年，牛漢、綠原在其主編的《胡風詩全編》（浙江文藝出版社 1992 年出版）中寫道：「《歡樂頌》是反映 1949 年 7 月 1 日中國共產黨生日，三萬幹部在先農壇參加慶祝大會的熱烈情景，表現了人們歡呼祖國解放、歡呼毛主席的真誠感情。」

1999 年，李慎之在《風雨蒼黃五十年》一文認定《歡樂頌》表現的是 1949 年 10 月 1 日開國大典的盛況。他寫道：「『十一』以後大約一個多月，《人民日報》就連續幾期以整版的篇幅發表了他歌頌人民共和國的長詩，雖然我已完全記不得它的內容，但是卻清楚地記得它的題目：《時間開始了》，甚至記得這五個字的毛筆字的模樣。〔註 1〕」

這樣，對《歡樂頌》寫作的緣起便存在著三種理解：其一，1949 年 9 月 21 日中國人民政治協商會議開幕式；其二，1949 年 7 月 1 日三萬幹部在先農壇慶祝黨的生日的盛會；其三，1949 年 10 月 1 日的開國大典。

哪一種說法是正確的呢？

二

牛漢、綠原大概是根據詩中的「搖撼著雷雨的大交響」、「響徹天地的大合奏」、「濕透髮膚的大洗禮」等詩句來作出如上判斷的。

1949 年 7 月 1 日先農壇盛會，確實遭遇了一場大雷雨。據胡風當天日記載：「四時吃飯後，到中南海齊集，到體育場，參加三萬人的慶祝中共二十八週年的大會。暴風雨來了，全場不動，暴風雨過後慶祝會開始。中途毛澤東主席來到，全場歡動。近十二時散會。」然而，詩中關於這場大雷雨的描繪只是「插敘」。詩歌起首百餘行及結尾數十行所表現的均是政協開幕式的場景，詩人寫至第 180 行左右時，神思開始遨遊。他吟詠道：「我夢幻的心／蕩漾著一片醉意／越過你的側臉／飄忽地回到了七月一日的狂風暴雨下面」。

牛漢、綠原沒有注意到詩中的「夢幻」、「飄忽」及「回到」等表述，誤將「插敘」當成了主題〔註 2〕。

李慎之大概是根據詩中「祖國，我的祖國／今天／在你新生的這神聖的時間／全地球都在向你敬禮／全宇宙都在向你祝賀」等詩行鐫刻下的深刻印象來作出如上判斷的。

1949 年 9 月 21 日政協開幕式在當時是被稱為「開國盛典」的，胡風詩中準確地表現了會議的歷史意義。據當天新華社北平電訊：「中國人民所渴望的中華人民共和國開國盛典——中國人民政治協商會議，已於今日下午 7 時在北平開幕。中國人民政協籌備會主任、中國共產黨中央委員會主席毛澤

〔註 1〕《歡樂頌》僅載於 1949 年 11 月 20 日《人民日報》的第七版「人民文藝」副刊，只佔了大半版的篇幅。主標題《時間開始了！》及作者名「胡風」共 8 字（帶標點）為「毛筆字」，副標題「第一樂章：歡樂頌」排在正文之前，字體偏小，不甚引人注目。同版還載有葛文的短篇小說《刨樹根的人們》和王琳的組詩《在天津鑄鋼廠》——筆者注。

〔註 2〕陳思和主編《中國當代文學史教程》（復旦大學出版社 1999 年版）中指出，《歡樂頌》「在描寫政協會議中間又插入了黨員大會」。「黨員大會」云云，並不準確，胡風參加了這次集會，但他並不是黨員。

東向大會致開幕詞。……當被通過的主席團登上主席臺後，毛澤東主席宣布中國人民政治協商會議開幕。在這個莊嚴的時刻，軍樂隊齊奏中國人民解放軍進行曲，同時在會場外鳴禮炮 54 響，全場代表一致起立，熱烈鼓掌至 5 分鐘之久。」

李慎之在回憶 50 年前的舊事時，無意間將政協開幕式的「開國盛典」與 10 月 1 日天安門的「開國大典」融而為一了。

三

胡風在「題記」中稱《歡樂頌》的緣起是首屆政協開幕式，這個判斷可從詩中得到驗證。詩歌首尾的百餘詩行攝下了這個「開國盛典」的若干珍貴歷史鏡頭。

其一，詩歌的首節定格了政協會議開幕式的歷史風貌。詩人吟詠道：「時間開始了——／毛澤東／他站到了主席臺底正中間／他站在飄著四面紅旗的地球面底／中國地形正前面／他屹立著像一尊塑像……」

詩中描繪的「飄著四面紅旗的地球面底中國地形」，指的是當年懸掛在主席臺後幕及講壇前的圓形圖標。圖標的上部圓弧為齒輪，中部圓弧為麥穗，中心則是插著 4 面紅旗的地球，球面上「中國地形」清晰可見。後幕上懸掛的圖標很大，直徑似達 2 米。詩中說毛澤東站在這個圖標的「正前面」，這並不是想像，而是寫實。

這個圖標應是當年候選的「國徽」之一。1949 年 6 月政協籌備會成立了國徽評選委員會，7 月《人民日報》刊登了徵集國徽方案的啟事，8 月底止共收到國內群眾和海外華僑寄來的圖案數百幅。開幕式上懸掛的這個「圖標」，顯然是當時呼聲最高的候選作品。附帶提一句，在政協首屆會上只通過了新生的人民共和國的國旗、國歌、國都和紀元，並沒有通過國徽。

其二，詩歌的尾節引用了毛澤東所致開幕詞中的最著名的一句，詩中吟詠道：「你鎮定地邁開了第一步／你沉著的聲音像一響驚雷——／『全人類四分之一的中國人從此站立／起來了！』」

開幕詞後被收入《毛澤東選集》第 5 卷，定題為《中國人民站起來了》，該句的正確文本是：「占人類總數四分之一的中國人從此站立起來了。」胡風引用時略去了一個「占」字，增加了一個「全」字。

四

據胡風所述，《歡樂頌》發表後反響很大，「驚住了一切人」；而最早的祝賀卻來自「共產黨員詩人」王亞平。詩歌見報後的第三天，胡風收到了王亞平的賀信，信中讚揚他「第一個歌頌了毛澤東」。

實際上，胡風並不是 1949 年「第一個歌頌了毛澤東」的詩人。

從全國範圍來進行考察，早於胡風「歌頌了毛澤東」的應該是聶紺弩。當年 2 月，聶紺弩在香港創作了一首題為《一九四九年在中國》的長詩，全詩 600 餘行，分為「比喻」、「我們」、「答謝」三章，「答謝」章的第三節題為「給毛澤東」。詩中吟詠道：

> 毛澤東，我們的旗幟，東方的列寧、史太林，讀書人的孔子，農民的及時雨，老太婆的觀世音，孤兒的慈母，絕嗣者的愛兒，罪犯的赦書，逃亡者的通告證，教徒們的釋迦牟尼、耶穌、漢罕默德。
>
> 地主、買辦、四大家族、洋大人的活無常，舊世界的掘墓人和送葬人，新世界的創造者、領路人！……〔註 3〕

該詩收入詩集《元旦》，香港求實出版社 1949 年 7 月出版。

僅從《人民日報》副刊來進行考察，早於胡風「歌頌了毛澤東」的還有徐放和王亞平等。

徐放的詩題為《新中國頌歌》，全詩約 200 行，載 10 月 1 日《人民日報》第 7 版。詩中第四節，歌頌了毛澤東。他寫道：

> 從此／中國亮了，／從此／世界的東方也亮了。／今天／中國是張燈結綵的中國，／世界是歡騰鼓舞的世界／……
>
> 這是幾千年，／這是近百年，／這是中國人民／世界人民／鬥爭的成果；／這是馬克思、恩格斯、列寧、斯大林／和毛澤東的思想成果。／從今天，／在中國的歷史上／要寫著毛澤東，／在世界的歷史上，／要寫著毛澤東；／……」

王亞平的詩題為《迎接——中華人民共和國》，全詩也約 200 行，載 10 月

〔註 3〕1950 年 3 月《文藝報》1 卷 12 期發表沙鷗《談詩的偏向》，對聶詩提出批評，稱：「另一種是創作態度不嚴肅、隨便、輕率、急就。這是一種對人民缺乏認真負責的態度，這是很不好的，它降低了詩歌在政治上應起的效果，如像紺弩的長詩《一九四九年在中國》就把毛主席比為『老太婆的觀世音』、『洋大人的活無常』，這是很值得考慮的，選擇這種比喻就是不嚴肅的。」

2 日《人民日報》副刊「星期文藝」。詩人吟詠道：

敬禮吧！／面向掌握歷史車輪的舵手——毛主席！／馬列主義的實踐者，／苦難人民的救星，／中國無產階級革命的導師！／我們——全國的人民／用顛不倒、撲不滅的信心，／用山樣高海樣深的熱愛，／迎接年青的中國！／迎接建設的年代！

聽吧！毛主席的聲音：／「我們已經站立起來了！」／「宣布中華人民共和國成立了！／我們的革命已經獲得全世界廣大人民的同情和歡呼，／我們的朋友遍於全世界。」／迎接吧！／我們有資格、有勇氣、有熱情／迎接新中國的誕生！

寫到這裡，筆者有一點疑惑：王亞平明知他人及自己的頌歌都唱得比胡風更早，為何要祝賀胡風「第一個歌頌了毛澤東」呢？看來，其中定有另外的原因。

1999 年，魯煤在《徐放其人其詩的悲壯歷程》（載《新文學史料》1999 年第 2 期）一文中道出了其中的隱情。他寫道：當時胡風「生活在重重困難之中」，在《人民日報》文藝組任編輯的徐放「極其深切地關心胡風」，「他常常搞些『說項』活動，建議一些理解和同情胡風的文藝界前輩去看望胡風，幫他排解寂寞心情。如 1950 年初胡風的長詩《時間開始了》第一樂章《歡樂頌》發表後，徐放就曾打電話給亞平同志，請他藉此鼓勵胡風，而亞平果然寫信給胡風，稱讚他的詩，表示祝賀。」

原來，「第一個歌頌了毛澤東」云云，全是出於徐放和王亞平善意的鼓勵。

第一個歌頌毛澤東的詩人及其他〔註1〕

胡風的組詩《時間開始了》第一樂章《歡樂頌》，寫成於「1949 年 11 月 11 日夜 10 時半」，改定於「11 月 12 日夜 11 時」，原載 1949 年 11 月 20 日《人民日報》副刊「人民文藝」。全詩共 400 餘行，佔了第 7 版的半版。

據胡風回憶，《歡樂頌》發表後反響很大，「驚住了一切人」，最早的祝賀來自「共產黨員詩人」王亞平。詩歌見報後的第三天，胡風便收到了王亞平的賀信，信中讚揚他「第一個歌頌了毛澤東」。（《胡風全集》，第 6 卷，第 716 頁）

其實，胡風並不是 1949 年開國前後「第一個歌頌了毛澤東」的詩人。

從全國範圍考察，早於胡風「歌頌了毛澤東」的應該是聶紺弩。當年 2 月，聶紺弩在香港創作了一首題為《一九四九年在中國》的長詩，該詩收入詩集《元旦》，香港求實出版社 1949 年 7 月出版。全詩 600 餘行，分為「比喻」、「我們」、「答謝」三章，「答謝」章的第三節題為「給毛澤東」。詩中吟詠道：

> 毛澤東，我們的旗幟，東方的列寧、史太林，讀書人的孔子，農民的及時雨，老太婆的觀世音，孤兒的慈母，絕嗣者的愛兒，罪犯的赦書，逃亡者的通行證，教徒們的釋迦牟尼、耶穌、漠罕默德。地主、買辦、四大家族、洋大人的活無常，舊世界的掘墓人和送葬人，新世界的創造者、領路人！……

從《人民日報》副刊來進行考察，早於胡風「歌頌了毛澤東」的也還有徐放和王亞平等。

〔註1〕載 2007 年 3 月 11 日《南方周末》。該文節錄自《胡風詩「歡樂頌」之考索》第四節，有少許修改。發表後曾被北京大學某教授引用，未注明出處。

徐放的詩題為《新中國頌歌》，全詩約 200 行，載 1949 年 10 月 1 日《人民日報》第 7 版。詩中第 4 節歌頌了毛澤東，他寫道：

> 從此／中國亮了，／從此／世界的東方也亮了。／今天／中國是張燈結綵的中國，／世界是歡騰鼓舞的世界／……這是幾千年，／這是近百年，／這是中國人民／世界人民／鬥爭的成果；／這是馬克思、恩格斯、列寧、斯大林／和毛澤東的思想成果。／從今天，／在中國的歷史上／要寫著毛澤東，／在世界的歷史上，／要寫著毛澤東；／……

王亞平的詩題為《迎接——中華人民共和國》，全詩也約 200 行，載 1949 年 10 月 2 日《人民日報》副刊「星期文藝」。詩人吟詠道：

> 敬禮吧！／面向掌握歷史車輪的舵手——毛主席！／馬列主義的實踐者，／苦難人民的救星，／中國無產階級革命的導師！／我們——全國的人民／用顛不倒、撲不滅的信心，／用山樣高海樣深的熱愛，／迎接年青的中國！／迎接建設的年代！……」

寫到這裡，疑惑便產生了：王亞平明知他人及自己的頌歌都唱得比胡風更早，為何還要違心地祝賀胡風「第一個歌頌了毛澤東」呢？看來，其中定有另外的原因。

魯煤在《徐放其人其詩的悲壯歷程》（載《新文學史料》1999 年第 2 期）一文中道出了其中的隱情。他寫道：當時胡風「生活在重重困難之中」，徐放（時任《人民日報》文藝組編輯）「極其深切地關心胡風」，於是「他常常搞些『說項』活動，建議一些理解和同情胡風的文藝界前輩去看望胡風，幫他排解寂寞心情。如 1950 年初胡風的長詩《時間開始了》第一樂章《歡樂頌》發表後，徐放就曾打電話給亞平同志，請他藉此鼓勵胡風，而亞平果然寫信給胡風，稱讚他的詩，表示祝賀」。

原來，「第一個歌頌了毛澤東」云云，全是出於徐放和王亞平善意的鼓勵。

僅過了 4 個月，王亞平作《詩人的立場問題》（載 1950 年 3 月《文藝報》1 卷 12 期），批評胡風組詩第 5 樂章《又一個歡樂頌》。他摘引了詩中將毛澤東比擬為「一個初戀的少女」的一句，批評道：「把屁股坐在小資產階級那一邊，即使來歌頌戰鬥，歌頌人民勝利，歌頌人民領袖，也難以歌頌得恰當。結果是歌頌得沒有力量，歪曲了人民勝利的事實，把人民領袖比擬得十分不恰當。不管作者的動機如何，它的效果總是不會好，而且是有害的。」

順便說一句，胡風當年似乎沒有注意到王亞平的這篇文章。1978 年 11 月，尚在四川三監的他寫了一篇題為《從實際出發》的材料，仍感念地提到王亞平祝賀他「第一個歌頌了毛澤東」的往事，文中寫道：「我對他坦白誠懇的為人態度很有好感。雖然抗戰中期就認識了，但沒有肯定過他的詩。我覺得感情和語言都一般化。但他對我友好，解放後更熟悉，對我的詩很熱情。」

胡風、馮雪峰交往史實辯正〔註1〕

葉德浴在《友誼的裂變和友誼的回歸——胡風與馮雪峰建國後的交往》（載《粵海風》2007 年第 3 期，以下簡稱為「葉文」，）一文的起首提出：「胡風和馮雪峰，兩位在解放前的黑暗歲月裏並肩作戰患難與共的親密戰友，然而，人們卻不太知道建國後他們的關係的另一方面……」，這個判斷頗成問題：如果把「解放前」作為整體時段，馮雪峰明顯缺席於胡風主持《七月》、《希望》及與「港派」論爭的全過程，怎能稱得上是「並肩作戰患難與共」；如果把建國後也作為整體時段，葉文努力揭示的卻是人所共知的那一「方面」，至於人所不知的別一「方面」，卻未見葉文提及。

葉文對胡風與馮雪峰交往歷史的描述頗多失實之處，其主要原因似在於沒有細讀及考辨已有的史料，尤其是新近面世的《胡風家書》（復旦大學出版社 2007 年 4 月版）。此外，葉文還對若干重大史實作了隨心所欲的解讀。

對於葉文在史實方面的失誤，可從以下四個方面進行辯正：一、解放前胡、馮關係是否如葉文描述的那樣？二、解放初他們因何事發生矛盾？三、續後胡、馮關係又因何事發生衝突？四、葉文誤讀的若干重大史實真相。

一

第一個問題：解放前胡、馮關係是否如葉文所描述？

葉文引用了胡風 1979 年 11 月 17 日《致馮雪峰同志追悼會唁電》中的一

〔註 1〕載《粵海風》2007 年第 5 期，有個副標題「——關於葉德浴《友誼的裂變和友誼的回歸》」。

句話，「在 30 年代若干年 40 年代若干年政治上的對敵鬥爭和文藝上的傾向鬥爭中給了我懇摯的關切和援助的知己和戰友」〔註 2〕，並評述道：「不僅是戰友而且是『知己』，這是對於他和馮雪峰在那段歲月的友誼的如實肯定。這是融入他的血肉生命內裏的歷史事實，他不能忘卻。」葉德浴沒有注意到唁電中對時間所作的限定，「30 年代若干年」並不是指「30 年代」的全部，「40 年代若干年」也並不是指「40 年代」的全部，胡風行文絕不苟且，唁電的措辭是經過精心推敲的。大致說來，胡風所說的「30 年代若干年」應截止在 1937 年「七七事變」前。佐證是胡風 1937 年 7 月 29 日家書，信中寫道：「離開上海之前，馮政客和我談話時，說我底地位太高了云云。這真是放他媽底屁，我只是憑我底勞力換得一點酬報，比較他們拿冤枉錢，吹牛拍馬地造私人勢力，不曉得到底是哪一面有罪。」胡風於事變前購得返鄉船票，於事變後攜眷離開上海。馮雪峰（時任中共上海辦事處副主任）與胡風的談話當在事變前。馮在談話時對胡的「地位」等提出了批評，胡風不服，反譏其為「政客」，並對其正從事的上層統戰工作惡語相加。胡風從老家返回上海後不久，「八一三」淞滬抗戰爆發，此時他與馮的關係已形破裂，佐證是胡風 8 月 28 日的家書，信中寫道：「三花臉先生愈逼愈緊，想封鎖得我沒有發表文章的地方，但他卻不能做到。我已開始向他反攻了……很明顯，他是在趁火殺人打劫的。」該信以「三花臉」指馮雪峰，按照葉文的邏輯，他們之間似已無「友誼」可言。

大致說來，胡風所說的「40 年代若干年」也應剔除若干時間點。1945 年 1 月載有舒蕪論文《論主觀》的《希望》雜誌創刊號出版，同月 25 日中共南方局文委為該文召集內部討論會，胡風參會後於 28 日給舒蕪去信，信中寫道：「當天下車後即參加一個幾個人的談話會的後半會。抬頭的市儈首先向《主觀》開炮，說作者是賣野人頭，抬腳的作家接上，胡說幾句，蔡某想接上，但語不成聲而止。也有辯解的人，但也不過用心是好的，但論點甚危險之類。」其中「辯解的人」指的就是馮雪峰，馮雖有意為其辯解，但胡風卻不領情，因為「用心是好的，但論點甚危險」云云，所表達的正是文委對《論主觀》的初步結論。當年 2 月周恩來又為《論主觀》問題親自召集討論會，馮雪峰與徐冰、喬冠華、陳家康、胡繩、茅盾、以群、馮乃超等出席，胡風在回憶文章中只提到喬冠華對《論主觀》是「基本上肯定，主張慎重討論的」，對馮雪峰的

〔註 2〕《胡風全集》第 7 卷第 128 頁。湖北人民出版社 1999 年版。

態度卻一字未提〔註 3〕。當年 10 月胡喬木兩次與胡風、舒蕪討論《論主觀》，雙方分歧很大。會後馮雪峰找舒蕪長談，批評道：「你的意思是，每一個人都要把自己煉成銅筋鐵骨，這是對的。但是，只有在戰鬥裏在群眾裏才煉得成銅筋鐵骨，你沒有強調這一點，是你的缺點。〔註 4〕」概而言之，在 1945 年「主流派」（葉文裏的提法）與胡風的這次交鋒中，馮雪峰也難稱與胡風「並肩作戰患難與共」。1948 年「滬港論戰」時胡、馮關係也是如此，馮雖對胡有所同情，但仍未能無所顧忌地支持他。限於篇幅，在此不贅。

二

第二個問題：建國後胡、馮關係因何事而發生矛盾？

葉文第一節「1950～1952：友誼走到盡頭」的開頭一段寫道：「1950 年初，胡風的長詩《時間開始了！》和阿壟的兩篇文章，先後遭到嚴酷的討伐。這一切，預示著『主流派』有組織的全面進攻已經開始。胡風沒有想到的是，他的戰友馮雪峰卻給他帶來意外的不快。」且不論 1950 年馮雪峰與胡風之間發生了什麼，葉文稱胡風「沒有想到」及「意外的不快」是沒有實證依據的。有兩則易見的史料可為證：

第一則，胡風 1949 年 10 月 7 日日記：「夜，到丁玲處，適雪峰在，閒談到三時，住在那裡。△果然，雪峰恢復到十多年前的本性了。」所謂「十多年前的本性」，指的正是他在抗戰初期貶斥過的馮的「吹牛拍馬地造私人勢力」及「趁火殺人打劫」的表現。胡風因何事發此感慨，限於篇幅，在此不贅。

第二則，胡風 1949 年 10 月 22 日家書：「馮爺這兩天回上海，見到時，要親熱，客氣，但說話要當心。這個人，是又愛用側面打別人的方法來抬高自己的。」所謂「愛用側面打別人的方法來抬高自己」，只是「趁火殺人打劫」的較為和緩的表述而已。可知，胡風此時已對馮「本性」的復萌抱有高度的警惕。

就此而言，1950 年馮雪峰無論做了什麼，胡風都是不會感到「意外」的。

葉德浴先生不知曉解放前胡、馮關係的演變過程，這不足怪；葉文未涉及第一次文代會前後胡、馮關係的個中曲折，也不足怪；但葉文肯定地指出建國後胡、馮矛盾先後起於「撤稿風波」和「詩的案件」，就應該提供更多的實證

〔註 3〕《胡風全集》第 7 卷第 624 頁。湖北人民出版社 1999 年版。
〔註 4〕舒蕪：《〈回歸五四〉後序》，載《新文學史料》1997 年第 2 期。

材料。遺憾的是，葉文不僅沒有說清這兩樁歷史公案的來龍去脈，而且令人不解地將這兩個公案發生時間前後倒置，當是未及細讀、考辨已有史料的結果。

所謂「詩的案件」發生在 1950 年 6 月，胡風與馮雪峰的矛盾在於如何處理讀者對冀汸長詩《春天來了》的批評。其時馮雪峰任上海文協主席，胡風任文協研究部主任，文協的刊物《文學界》附在《文匯報》上作為副刊發行，馮、胡、黃源等都是編委。冀汸的這首長詩是在《文學界》上發表的，作者曾自述云：「我寫這首詩的時候，是真心誠意抒寫迎接解放的喜悅，發自內心深處的歌頌黨、歌頌領袖、歌頌人民軍隊（寫得不好是另一回事）」，並承認寫得「並不高明」〔註 5〕。詩歌發表後，自然引起了一些讀者的來信批評，其中也包括「上海詩歌聯合會的主席勞辛和成員蘆芒等」提出的異議。這些批評放在當年的文化背景下考察，並不能視為某方面對「胡風派」的蓄意打擊——

當年 3 月《文藝報》組織過關於「新詩歌的一些問題」的「筆談」，一些寫得比較「高明」的頌歌體長詩，如胡風的《時間開始了》、聶紺弩的《一九四九年在中國》、任鈞的《歌唱人民的新上海》、魏明的《斯大林永遠年青》等，都受到了批評。賈芝的「筆談」文題為《對於詩的一點理解》，對當年泛濫成災的頌歌體長詩進行了針砭，寫道：「聽報紙編輯說，來稿中最叫人頭痛的是詩多，這自然不是說多不好，而是說好詩太少。就我看到的抒情的自由詩確有很多好的……（筆者略）但是有更多的詩，只能表示作者動機很好（例如歌頌新中國，追求光明，宣傳買公債等等），卻沒有寫成能夠打動人的詩，所以政治效果也不會大。一類是『太陽』『紅旗』『萬歲』……堆積概念，分行加韻，而沒有具體的生動形象，和足以啟發人們思想、想像的深刻的思想和情感；不錯，歌頌我們的偉大時代，這些發光的字眼都是需要用的，但詩不該是綴合概念。」賈芝的批評聲還在文壇蕩漾，冀汸的這首長詩又面世了，詩中又恰好有著這樣的句子：「紅色的笑／紅色的臉／紅色的臂章／紅色的旗／紅色的太陽……」，其特點與弱點能不被讀者發現並詬病嗎？

《文學界》編委會收到讀者意見後，對如何處理產生了分歧，馮雪峰慎重地進行了調解。

葉文不瞭解馮雪峰處理「詩的案件」的曲折，僅根據胡風 7 月 16 日致冀汸信中的這句話——「『詩聯』諸大詩人，以勞辛其人為首（黨員），向文協爭

〔註 5〕冀汸：《歷史法庭上的證詞》，曉風主編《我與胡風——胡風事件三十七人回憶》第 413 頁。寧夏人民出版社 1993 年版。

地位。」——便判定勞辛、蘆芒等「都是一些派性十足而且左得可怕的人物」，並認定馮「迎合了錯誤的一方」，這同樣是缺乏實證依據的。

所謂「撤稿風波」則發生在 1951 年 7 月，所撤稿件是羅石（張中曉的筆名）的一篇反批評文章，該文為反駁蕭岱（時任上海文聯副秘書長）的批評文章而作，這是張中曉繼《〈武訓傳〉·文藝·文藝批評》和《為了前進——答劉宗詒先生的「不要使問題混亂」》（兩文皆載於《文學界》）之後的第三篇為「批判《武訓傳》運動」推波助瀾的文章。其文主要觀點可參看下引 1951 年 7 月 17 日他給梅志的信，信中寫道：

> 《文學界》看到了，有一位叫做蕭岱的，彷彿要我「從實際出發」。我忘記了不知在什麼地方看到過，這位姓蕭的本來原和梅林、元化等參與《青年文學》的編輯的，是友是敵，還不能確實。不過對你，我就隨便的談談：我覺得《武訓傳》問題，假如想有所得，決不能高談什麼改良、投降主義之類，而應該集中對孫瑜。但這位姓蕭的說我底這一主張會削弱論爭，好像必須從「理論」（？？）上去批判武訓，才算豐富或開展論爭。但其實，武訓能起什麼作用呢？我們現在的一些什麼們，不是比武訓更奴性十足麼？姓蕭的所謂的「展開」只不過雙眼向天，兩腳懸空的壯言大語而已。假如我們真的依照他所主張的「實際」去出發，恐怕除了糟蹋些紙墨之外，其他是一無用處的。這種不顧戰略要求的文章，我想一定是敵人。……現在理論家說武訓是改良、投降主義，好像武訓是拜杜威做了老師一樣。這類架空的昏話真使人噁心，居然還想通過武訓來清算這類「主義」！著鬼一樣的。〔註 6〕

認為《武訓傳》宣揚了改良主義的「理論家」是毛澤東，主張「對事不對人」的是周恩來，而「敵」情觀念嚴重的張中曉卻要把批判的矛頭「集中」於該劇的導演孫瑜，他的想法顯然欠妥。1951 年 7 月初，夏衍結束了東歐訪問從北京返回上海，帶回周恩來的指示：「你回上海後，要找孫瑜和趙丹談談，告訴他們《人民日報》的文章主要目的是希望知識分子認真學習，提高思想水平。中央是對事不對人，所以這是一個思想問題而不是政治問題，上海不要開鬥爭會、批判會。文化局可以邀請一些文化、電影界人士開兩次座談會，一定要說理，不要整人，要對事不對人，孫瑜、趙丹能作一些檢討當然好，但也不

〔註 6〕路莘整理：《張中曉致胡風書信》，載《新文學史料》2005 年第 2 期。

要勉強他們檢討。〔註7〕」

張中曉的「整人」文章就是在這種背景下被《文學界》退稿的，這就是「撤稿風波」的真相。無論以當年的或今天的認知水平來看，唐弢對該文的處理毋寧說是對張中曉的愛護，馮雪峰的決定則間接地阻止了胡風的青年朋友在政治化的道路上越走越遠。

葉文沒有細讀及考辨已有的研究資料，竟將1951年7月發生的「撤稿風波」放在前，而將1950年6月「詩的案件」放在後，並說成是「一波未平一波又起」，實在讓人啼笑皆非。

三

第三個問題：建國後胡、馮關係因何事發生衝突？

葉文肯定地指出：「造成雙方關係進一步惡化，友誼終於走到盡頭的，是1952年初馮雪峰的《回憶魯迅》第三章的發表。從1951年8月開始，馮雪峰就在《新觀察》半月刊發表連載的《回憶魯迅》……（筆者略）1952年2月16日出版的《新觀察》該年第4期發表的《回憶魯迅》，寫到1936年馮雪峰從陝北來到上海後同魯迅接觸的情況，寫到當時上海進步文藝界不團結的現象，有關部分竟冒出許多匪夷所思的怪論。最離奇的是談到所謂『宗派主義』的幾段……（引文為筆者略去）」

質言之，馮著第三章指出1936年「兩個口號論爭」的雙方都有宗派主義情緒，這是比較客觀的，並不是什麼「匪夷所思的怪論」。馮說較之胡風認定「國防文學」口號是「階級投降主義」、周揚批評「國防文學的反對論者……不瞭解民族革命統一戰線的重要意義」(《現階段的文學》)，應算是持平之論。換言之，不強調所謂「路線鬥爭」而著眼於左翼內部的「宗派情緒」來審視當年的這場論爭，這是馮說的高明處，也為大多數現代文學研究者所接受。

葉文斷言「胡風看到馮雪峰的這篇文章，對馮雪峰看法自然不能不進一步惡化」，這個判斷也是沒有實證依據的。

胡風確實讀過馮的《回憶魯迅》，在其日記（《胡風全集》第10卷）中有兩處記載：(1951年10月15日)「看馮雪峰的《回憶魯迅》等」，(1952年4月26日)「看馮雪峰幾篇關於魯迅的文章」。但並沒有因此而稱其為「三花」，按照葉文的邏輯，似不能證實他對其人其文有特別的反感。胡風也評論過馮的

〔註7〕轉引自《周恩來年譜》，中央文獻出版社1997年版。

《回憶魯迅》，在其書信（《胡風全集》第 9 卷）中有一處記載，1952 年 9 月 2 日自北京致王元化，討論耿庸的《阿 Q 正傳研究》的修改問題，其中提到：「友人粗粗檢查了一下三花臉過去的東西，包含了不少的污穢。耿兄（和你們）看一看《魯迅回憶》，如何？」他雖斥之為「三花」，但並未表現出對馮著「第三章」的特別義憤，這也是葉文所忽略了的。

說到底，胡風並不反感馮著回顧「兩個口號論爭」時批評左翼文壇內部的宗派主義。1979 年 8～9 月他在撰寫關於「兩個口號」問題的長文《歷史是最好的見證人》期間，曾為如何評價馮雪峰事給樓適夷去信（9 月 13 日），信中肯定了馮的 6 點，第 5 點即是：「要強調他的反宗派主義，愛惜文藝新生力量的品德，特別是和那些宗派主義的棍子王倫們比較起來。」

葉文沒有細讀及考辨已有的研究資料，輕率地將馮著《回憶魯迅》第三章定義為「1952 年的迷誤」，生造出一個胡、馮交往過程中並未發生過的衝突，實在令人遺憾。

四

第四個問題：葉文誤讀的若干重大史實真相。

第一個被誤讀的重大史實是關於胡風 1952 年 5 月 4 日給毛澤東、周恩來去信事。

葉文認為，由於「1952 年 4 月初出版的《文藝報通訊員內部通訊》上，發表了兩篇批判胡風文藝思想的『讀者來信』」，胡風對馮雪峰的態度便發生了「惡化」，將其視為「嚴重的事件」，曾寫信給毛澤東、周恩來反映，「後來寫給毛澤東的信未發，只發了給周恩來的一封」云云。

實際情況卻是：胡風於 1952 年 5 月 4 日寄出了給毛澤東、周恩來的信，給毛的信是附在給周的信中一道寄出的。周恩來於同年 7 月 27 日給胡風覆信，信中寫得非常清楚：「你致毛主席的信我已轉去。」另外，胡風給兩位領袖的信，控訴的並不是馮雪峰，而是周揚。周揚於同年 7 月 23 日給周恩來去信，信中也寫得很清楚：「翰笙同志把胡風寫給您和主席的信，給我看了。信中提到我在上海和他的談話。我感覺他似乎故意將我的話曲解（也許是因為他的神經質的敏感的緣故），把理論上的原則爭論庸俗地理解為無原則的人事問題。」換言之，即便此時胡風對馮的態度發生了「惡化」，那也與「讀者來信」無關。

第二個被誤讀的重大史實是關於馮雪峰1955年5月為何沒有被打成「胡風集團分子」事。

葉文認為，「並不是他（指馮雪峰，筆者注）在批胡大會的發言感動了周揚等人，倒是胡風幫了他的忙。胡風在日記中一口一個『三花臉』，使得專案組人員不得不做出馮雪峰不可能是『胡風分子』的結論。」

實際情況卻完全不同。據當年參加過「專案」的黎辛回憶：「我看過部分胡風日記，知道他對文藝界某領導人有意見，對馮雪峰印象好，稱丁玲為『鳳姐』，並且說是『可以合作的』。〔註8〕」黎辛的說法是有根據的，通讀胡風日記，雖有「三花」的記載，卻也不乏「雪峰」或「馮雪峰」的稱謂。譬如1954年日記，2月23日有「馮雪峰夫婦與適夷來吃晚飯。把《時間開始了！》交馮雪峰」的記載，10月31日還有「馮雪峰檢討」的記載。換言之，馮雪峰當年未被劃定為「胡風分子」，倒與「專案組人員」並不偏信胡風日記有一定的關係。

第三個被誤讀的重大史實是關於1957年夏衍的「爆炸性發言」事。

葉文認為，「1957年夏天，在反右鬥爭批判所謂『丁陳反黨集團』的狂潮中，馮雪峰終於被『揪』了出來。在8月14日的大會上，夏衍更作出令人震驚的把馮雪峰和胡風捆在一起打的『爆炸性發言』。」

實際情況卻並非如此，夏衍當年的「爆發性發言」之所以引起與會人士的震驚，主要原因並不在於他在發言中提到人所共知的馮雪峰與胡風的關係，而在於他「所講述的內容，是大多數與會者聞所未聞的」；其中心論題也不是關於「馮雪峰與胡風的勾結」，據馮雪峰白述，而是以揭發他「在三六年怎樣進行『分裂活動』以及『打擊』、『陷害』和『摧毀』當時上海地下黨組織等等為中心」〔註9〕；其發言的焦點並不在「國防文學」與「民族革命戰爭的大眾文學」的是非，而在馮起草、魯迅修改的《答徐懋庸並關於抗日統一戰線問題》中關於「四條漢子」及「我甚至懷疑過他們是否係敵人所派遣」等語對周揚、夏衍等的「政治陷害」。換言之，不管夏衍的發言是否牽扯到胡風，馮雪峰的政治命運都不會有所改變。

〔註8〕黎辛：《關於「胡風反革命集團」案件》，程光煒主編《文人集團與中國現當代文學》第251頁，人民文學出版社2005年版。

〔註9〕史索、萬家驥：《在政治大批判漩渦中的馮雪峰》，載《沒有情節的故事》第118～119頁，北京十月文藝出版社2001年版。

第四個被誤讀的重大史實是關於馮雪峰的《有關 1936 年周揚等人的行動以及魯迅提出「民族革命戰爭的大眾文學」口號的經過》（以下簡稱為馮文）的有關內容。

葉文認為，「歷史是公正的。歷史終於把胡風和馮雪峰的真實的風貌還給了他們自己。可惜的是，馮雪峰沒有能夠等到這一天。在黎明前的黑暗中，他離開了人世。但是，他已經把同胡風回歸友誼的信息留給了胡風。」所謂「回歸友誼的信息」，葉文認為是馮文中「這口號最初提出時，確實是有當時尚未發覺的暗藏的反革命分子胡風插進來的」及以下幾大段。

實際情況卻是：第一，馮文是作於「文革」高壓時期（寫於 1966 年，改於 1972 年）的一份「交代材料」，文中指胡風為「當時尚未發覺的暗藏的反革命分子」，便是時代的印痕。胡風絕不會接受這樣的提法；第二，馮文並沒有試圖為胡風洗掉「宗派主義」的詬病，而是相反。葉文摘引的段落中有「胡風談了不少當時文藝界情況，談到周揚等的更多。他當時是同周揚對立很厲害的」，這話其實對胡風並不有利；在緊接著的未摘引的部分還有「這樣，既沒有用魯迅名義提出，也不是用黨的名義提出（括號內為筆者略去），而胡風寫了有關這口號的第一篇文章，胡風自己和別人就都可以看成這口號是由胡風提出的了」與「胡風回去之後，文章還沒有發表之前，文藝界已經引起關於新口號的紛紛議論。因為胡風回去後，他自己和他周圍的人已經把新口號宣傳出去了……」及「我覺得胡風的態度和活動，也很妨礙團結……」等等，這些說法也對胡風很不利。

因而，胡風不會認為馮文傳遞了什麼「友誼的信息」。1979 年 8 月 16 日他自成都給吳平（牛漢妻）去信，寫道：「《材料》(2) 收到。茅馮二文，很有用處。正在寫這問題（過去寫過不止一次，現詳寫一次），已成二萬餘字，還有萬字左右。馮文有幾處不符實際，在那種時會，他能這樣寫，已是難能可貴了。」可見，他對馮文的真實性是有保留的。同年 9 月 10 日給牛漢信，態度更加鮮明：「《史料》裁給你，並將為你們落實政策，也算一種回春消息罷。但此刊難處大。看 2、3 兩集，造謠自吹、誣人的雜質太多。也許只關胡某的材料才如此？」牛漢時任《新文學史料》主編，第 2、3 兩集中關於胡風的文章只有 3 篇，《周揚笑談歷史功過》、茅盾的《需要澄清一些事實》和馮雪峰的《有關 1936……》。以「誣人」作概括，他對馮文的真實態度可見一斑。有趣的是，周揚卻認為馮文「比較公道」。1979 年 5 月 1 日他在覆樓適夷的信中寫道:「病中得來書，甚為快慰。承示馮雪峰同志的最後遺作，讀之無限感慨。我和他是多年的老戰友，相互間，又曾有過爭論，但不論怎樣，我對他還是抱著一種尊敬的感情。一九七五年，我剛獲『自由』，馮乃超同志就告訴我，雪峰已患癌症，將不久於人世了，垂垂以不能回到黨內來為終身恨事。我聽說他在文化大革命中也受到了衝擊，對三十年代『兩個口號』的論戰中他所犯的錯誤也有所檢討。他沒有乘『四人幫』惡毒誹謗我的時機，對我落井下石，把一切錯誤和責任都推到我身上，雖然，他在當時的情況下，也說了一些所謂『揭發』我的話，其中也有傳聞不實之詞，但並不是存心誣陷我。我覺得他還是比較公道的。〔註 10〕」換言之，從馮文中讀到了「友誼的信息」的與其說是胡風，不如說是周揚更為恰當。

綜上所述，葉文在胡風、馮雪峰交往史實上的諸多失誤，都與作者未曾細讀及考辨相關史料有關；而且，先驗的主題「友誼的裂變和友誼的回歸」，也促使作者在若干歷史細節上作了一些強解和誤讀，這些，都是令人惋惜的。

〔註 10〕轉引自徐慶全《風雨送春歸——新時期文壇思想解放運動記事》，河南大學出版社 2005 年 12 月版。

胡風如何「呼應」舒蕪的《論主觀》〔註1〕

內容提要：

上世紀40年代舒蕪為聲援在黨內整風中受到批評的陳家康、喬冠華、胡繩等人而作《論主觀》，其主旨是批評「自我完成」的政黨理論權威「對若干最基本的原則的死死株守」及自上而下的「原始的統一」，呼籲保護「一切新探討新追求」。胡風作《置身在為民主的鬥爭裏面》與之「呼應」，繼續批評整風中的「教條主義」傾向，放言「從人民學習」、「思想改造」等重大政治話題。在當年政黨為實現宏大奮鬥目標而全力促進思想統一的大環境下，他們這些黨外左傾知識分子卻要求繼續解放思想和獨立探索，其志可嘉，其情可憫。但由於他們的理論素養及理論準備不夠充分，批評不合時宜，相關論文的客觀效果並不理想。

主題詞：胡風、舒蕪、整風運動

舒蕪的《論主觀》初稿完成於1944年2月28日，同年9月27日改定並增加「附錄」（胡風和路翎的讀稿意見），載1945年1月出版的《希望》創刊號。該文是為聲援在中共南方局整風中受到批評的陳家康、喬冠華、胡繩等人而作〔註2〕，其主旨為批評「自我完成」的政黨理論權威「對若干最基本的原則的死死株守」及自上而下的「原始的統一」，呼籲保護「一切新探討新追求」〔註3〕。胡風於同年10月7日撰短論《置身在為民主的鬥爭裏面》（載《希望》

〔註1〕載《鹽城師範學院學報》2007年第4期。

〔註2〕舒蕪1944年2月29日致胡風信中寫道：「關於陳君的問題而寫的『論主觀』，已完成，兩萬多字。」信中的「陳君」即陳家康。《舒蕪致胡風信》（上），載《新文學史料》2006年第3期。下不另注。

〔註3〕舒蕪：《論主觀》，《舒蕪集》第1卷第30～71頁。河北人民出版社2001年版，下不另注。

同期)，其文有著「呼應」《論主觀》的主觀動機及客觀效果。

《希望》創刊號面世後，上述兩文引起了嚴重關注，中共南方局曾多次召集內部討論會進行批判，批判的重點且由舒蕪文而轉向胡風文。三年之後，香港《大眾文藝叢刊》同人甚至認為這兩篇文章「實際上也就等於《希望》社對文藝運動提出的宣言」〔註 4〕。胡風則始終否認，起初他說發表舒蕪文是「為了批判」〔註 5〕，後來又說發表舒蕪文是他的「失察」〔註 6〕，至今還是個問題。

因而，深入探討胡風的《置身在為民主的鬥爭裏面》是不是以及是如何「呼應」舒蕪的《論主觀》，也許仍是有必要的。

一

1944 年 10 月 9 日，胡風把《希望》創刊號的稿件交付印刷廠後，給舒蕪

〔註 4〕邵荃麟：《論主觀問題》，《文學運動史料選》第 5 輯第 531 頁，上海教育出版社 1979 年版。

〔註 5〕1944 年 11 月 16 日，胡風為《希望》創刊號撰寫「後記」，高度評價《論主觀》，認為該文提出了「一個使中華民族求新生的鬥爭會受到影響的問題」，並號召讀者「要無情地參加討論」(《胡風全集》第 3 卷第 292 頁)。1945 年 1 月初，南方局文委召集有關人士座談《論主觀》，與會者對《論主觀》及胡風的推崇提出嚴厲的批評。胡風於是改口說：希望與會者「寫文章」，「用『無情的批判』來分析《論主觀》」(《胡風回憶錄》，《胡風全集》第 7 卷第 624 頁)。不久，文委向周恩來彙報了《論主觀》問題及胡風的態度，周親自主持座談會進行討論。胡風發現問題嚴重了，便再三聲明「我在《後記》裏說明了是想引起批判」及「(我發表)《論主觀》是號召批判的」(《關於喬冠華》，《胡風全集》第 6 卷第 506 頁)。這是胡風提出發表《論主觀》是「為了批判」的過程和基本情況。

〔註 6〕1950 年 4 月，胡風撰文與何其芳論爭「主觀戰鬥精神」問題，寫道：「在思想上沒有絕對把握之前(現在都還沒有任何把握)，卻貿然地發表了(《論主觀》)，想引起討論，而且是公開的群眾性的討論，這是犯了自由主義的錯誤。」(《〈為了明天〉校後附記注》，《胡風全集》第 3 卷第 463 頁) 1955 年 3 月，胡風撰文進行自我批判，寫道：「對於這(指發表《論主觀》)，我長期地只是把它當作一個發表的責任看。」(《我的自我批判》，《胡風全集》第 6 卷第 469 頁) 1979 年 10 月，胡風更明確地寫道：「由於失察並想引起論爭擴大整風影響，我發表了舒蕪的帶唯心論傾向並寄寓反黨情緒的哲學論文《論主觀》等。」(《我的小傳》，載《新文學史料》1981 年第 1 期) 這是胡風提出發表《論主觀》為「失察」的過程和基本情況。附帶提一句，聶紺弩不贊同胡風的「失察」說，1982 年 10 月 25 日在致舒蕪信中寫道：「魯迅說，口號是我提的，文章是我叫胡風寫的。胡公說：當日失察云云，這正是兩人的分別處。」(《聶紺弩全集》第 9 卷第 419 頁)。

寫了一封信。信中寫道：

因為傷風和整理來件，亂了一陣子。還在傷風。但今天已把第一期付出了。比預定遲了十天！

這次，《哲學與哲學家》也編入了，你的佔了七分之二！——……附錄，像電報碼子，但也只好附入了。我寫了一則短論，為了配樣子。本想打擊創作上的客觀主義，後來發現了好像和你呼應似的。但枯澀之至，很不滿意。一涉及這理論問題，我就吃苦。這是第一回。但我覺得吃力得很。

胡四們興了新花樣，要文化評論。要我每週一則，哪裏寫得出。託我問你要，我想，可以寫一點。有了範本，如中醫科學化者即是，但當然，不一定臨那範本的。但說得多少圓滑一點才好罷。字數不能多云。

下一期本月底齊稿，望準備些什麼，一面考慮《中庸》。〔註 7〕

信中提到的「一則短論」，指的是他為給《論主觀》「配樣子」而趕寫的論文《置身在為民主的鬥爭裏面》（以下簡為《置身》），該文「第一回」將文學上的反「客觀主義」提升到哲學上的崇主觀的高度，寫得較為吃力；「你的佔了七分之二」，說的是舒蕪稿件在該期刊物上的比率。文化類稿件所佔比率的大幅增加，不僅意味著主編者實現了跨入思想文化領域的雄心，也意味著《希望》對《七月》的成功超越；「胡四」，本是曹禺劇本《日出》裏的一個猥瑣角色，這裡指代的是胡繩等人。1943 年初胡繩與陳家康、喬冠華等人曾在《新華日報》、《群眾》上撰文批評延安整風運動中出現的「教條主義」傾向，胡風非常支持。當年年底中共宣傳部來電批評，南方局為此進行內部整風，胡繩作了檢討。胡風因而十分鄙視他，私下裏稱其為「胡四」，後以「胡四們」指代《新華日報》同人；「下一期」，說的是《希望》的第 2 期，胡風囑舒蕪盡快將《論主觀》的續篇《論中庸》改定，以便刊發。

舒蕪於 10 月 16 日復胡風。寫道：

昨晚寫完了。今晚看了一遍，不知是由於情緒上的疲倦，還是由於別的原因，覺得索然無味，什麼都沒有表現出來。因此，只校改了錯字，就把它寄給你。前信說過，對於通俗一層沒有把握。現

〔註 7〕《胡風全集》第 9 卷第 487 頁。湖北人民出版社 1999 年版，下不另注。

在寫完看了，更沒有把握起來。昨晚還以為無論如何，『新義』總有一點。現在覺得，寫到紙上來也不過如此，你看了，多說一點意見吧！

文化短論，寫了真是很短的一篇，不甚滿意。本擬重寫，但重寫也未必就能滿意，還是附寄上吧。

信中第一段說的「寫完了」，指是他的書稿《人的哲學》，這是胡風 1943 年 9 月建議他撰寫的以取代艾思奇《大眾哲學》的通俗哲學讀本，稿成後擬由南天出版社出版，後因故未果。信中第二段說的「文化短論」，題為《飲水思源尊考據》，該文批駁了蔣介石《中國之命運》對清初「考據之學」的謬評，指出「煌煌『典謨訓誥』之文」其真實目的不外是企圖建立維持其專制統治的所謂「思想統一的局面」罷了〔註 8〕。

如果說，舒蕪此時既批評中共整風運動的「原始的統一」，又反對國民黨專制主義的「思想統一」，所持的是「一面向那邊的復古運動進攻，一面向這邊的教條主義進攻」的啟蒙主義立場〔註 9〕；那麼，胡風《置身》的主要著力點則放在繼續批評整風運動中的「教條主義」這個方面，他曾在《逆流的日子·後記》（作於 1947 年 2 月 21 日）中談到該文的寫作動機及發表後的反響：

《置身在為民主的鬥爭裏面》。這發表在《希望》第一期，有的友人說它是《希望》的序言，也可以說是不錯的。當時正當民主運動漸旺的時候，我想指出文藝在民主鬥爭裏面的任務不只是空喊，因而把我的痛苦的感受簡單地寫了出來。我提出的病根之一是客觀主義，這就引起了可以說是大的「騷動」。有的說我反對客觀主義就是反對客觀，有的說我反對客觀主義就是主張盲動，於是嘖嘖喳喳，於是憤憤然或者惶惶然。

胡風認為，《置身》引起「騷動」的根本原因在於反對了文藝界的「客觀主義」，此說不無可商榷之處。須知，他對「客觀主義」的憎惡和聲討並不自《希望》創刊號始，早在 30 年代初期，他在國內文壇上就已經成了反「客觀主義」的符號型人物。如果換個角度，說他此時借助於舒蕪反「（主觀）完成」論的支撐，將反「客觀主義」提升到「約瑟夫（斯大林）階段」的哲學高度，並賦予其以新的政治含蘊，從而引起某些方面及某些人的「騷動」，也許更合

〔註 8〕舒蕪：《飲水思源尊考據》，《舒蕪集》第 1 卷第 369～372 頁。
〔註 9〕舒蕪：《回歸〈五四〉後序》，載《新文學史料》1997 年第 2 期。

適得多。1945 年初中共南方局文委曾多次召開內部會議批判「主觀論」，問難者在批判《論主觀》的同時都聯繫到《置身》，也是一個有力的佐證。

細讀《置身》全文，可以發現，它的中心點並不在對於「目前泛濫著的，沒有從現實人生取得生命的文藝形象底虛偽性，即所謂市儈主義」的抨擊，而在該文的第三節「問題還可以前進一步」的論述之中。在該節中，他跨入思想文化領域，放言知識分子「怎樣深入」人民，怎樣與人民「結合」，怎樣「從人民學習」，及怎樣完成「思想改造」等重大政治話題，並作出了有別於政黨及政治權威們的個性解答。這，恐怕才是引起「嘖嘖喳喳」以及「憤憤然或者惶惶然」的真正原因。

二

胡風的《置身》在諸多方面「呼應「了舒蕪的《論主觀》，既承接了舒蕪文中的一些觀念，也作了一些修正、補充和發展。舉其大者，述列如下：

其一，從反「（主觀）完成」論到宣揚「自我擴張」論

舒蕪《論主觀》的出發點和落腳處（中心論點）是批判某些自以為「（主觀）完成」了的政治權威。文中寫道：「他們攝收那些被征服了的客觀勢力，達到某種一定限度時，便不再是為了繼續戰鬥，而相反的，卻把這些戰利品給自己建造起一個完成了的小世界來，用它們把自己『完成』起來」，此後便「不能在對客觀勢力的作戰裏面同時改造自身，同時對自己的主觀作用有所變革創造」；他認定，「這乃是主觀作用的變革創造力的中斷或偏枯。」同時，他高度評價那些「（主觀）未完成」者（指陳家康等），認為他們敢於正視矛盾，不斷地經歷著「內部的分裂」而達到「更高地統一」，因而能「不斷地進步」。他甚至認為，「（主觀）未完成」者所具有的這種可珍視的矛盾狀態，體現了「大宇宙的本性——生生不已的『天心』」。

胡風完全接受了舒蕪的這個觀點，並化用於他對作家創作過程（主、客觀世界融合過程）的描述中，他寫道：

> 在對於血肉的現實人生的搏鬥裏面，被體現者被克服者既然是活的感性的存在，那體現者克服者的作家本人底思維活動就不能夠超脫感性的機能。從這裡看，對於對象的體現過程或克服過程，在作為主體的作家這一面也就是不斷的自我擴張過程，不斷的自我鬥爭過程。在體現過程或克服過程裏面，對象底生命被作家底精神世

> 界所擁入，使作家擴張了自己；但在這「擁入」的當中，作家底主觀一定要主動地表現出或迎合或選擇或抵抗的作用，而對象也要主動地用它底真實性來促成、修改，甚至推翻作家底或迎合或選擇或抵抗的作用，這就引起了深刻的自我鬥爭。經過了這樣的自我鬥爭，作家才能夠在歷史要求底真實性上得到自我擴張，這藝術創造底源泉。〔註10〕

以往的論者往往抓住了「源泉」二字，便憤怒地批判胡風反對「生活—源泉」論，這多少有點低估了論敵的馬克思主義文藝理論素養。胡風此說，只是提醒作家萬勿自以為「完成」，創作實踐實質上是「內部的分裂」的過程，非經過「內部的，伴著肉體的痛楚的精神擴展的過程」（自我擴張），不能完成真正的藝術創造而已。

應該強調的是，舒蕪的《論主觀》是為聲援受到黨內批判的陳家康等人而寫的，其針貶的對象是壓制自由探索的政治權威。因此，他有針對性地指出，後者具有兩個特徵：「一方面是對若干最基本的原則的死死株守，另一方面是對一切新探討新追求的竭力遏抑。」胡風的《置身》對此有所取捨，他仍堅守著「首先，當然要求有一個戰鬥的實踐立場，和人民共命運的實踐立場」的政治原則，他的「自我擴張」論與舒蕪的反「（主觀）完成」論僅在這一點上略有區別。

順便提一句，在中共南方局組織的《論主觀》討論會上，胡風曾向周恩來解釋道：「我說明那（指《論主觀》）裏面只有一個論點我能夠同意：舒蕪說教條主義是在主觀上完成了，客觀內容再不能進到主觀裏面去。〔註11〕」他所說的「只有一個論點」其實指的是《論主觀》的中心論點——反「（主觀）完成」論。

其二，從「感性的人民」論到「精神奴役的創傷」論

由《論主觀》的中心論點派生出的一個分論點是，如何看待理論上的「抽象的」人民及現實生活中的「感性的」人民，及如何與人民結合。

〔註10〕胡風此說也曾受到項黎（胡繩）《論藝術態度和生活態度》（載《中原》1944年3月1卷3期）的影響。胡繩文中提出：「真實的藝術無非就是突入現實生活中，受到強烈的衝激與反撥而對理想不斷地追求的表現」，「偉大的藝術家也無非就是貫徹著正確的生活態度，發揚到最高度，當成自己的藝術態度的人」。鑒於拙稿題旨，略去其受胡繩的影響，只敘述其受舒蕪哲學理念的啟發。

〔註11〕胡風：《關於喬冠華》，《胡風全集》第6卷第505頁。

如前文所述，舒蕪撰寫《論主觀》時的論敵是壓制陳家康等人進行獨立思想探索的政治實體，1943 年底董必武在整風總結會上批評了陳家康等人認為「大後方知識分子思想得太多，感覺得太少」的觀點〔註 12〕。舒蕪卻從反面對此觀點進行了進一步的演繹，寫道：

> 有人（指陳家康等）向機械——教條主義者們宣揚「感覺」的必要，似乎以為他們沒有感覺，才這樣麻木。其實不是的。他們在他們自己那「完成」了的世界裏，仍然有著極強的感覺，首先是對於「人民」的極強的感覺。正是這種極強的感覺，才支持著他們去保衛他們自己的「世界」。也正是這種極強的感覺，才使他們實在無法感到新的問題，於是別人看來就好像麻木。不過，他們的感覺，首先是對於「人民」的感覺，乃是抽象的而已。

舒蕪認為，「與人民結合」應指與「具體的人民」結合，只有「具體地去認識具體的人民，獲得具體的感覺，乃至更進一步地發生具體的『同感』」，從而，「清楚地看出人民所需要的東西，以及人民本身需要改造的東西，自然就能決定努力的道路，而用不著去求救於各種各樣的文化潮流。」

胡風的《置身》襲用了舒蕪的這個觀點，他寫道：「作家應該去深入或結合的人民，並不是抽象的概念，而是活生生的感性的存在。」

舒蕪在《論主觀》中還對「具體的人民」進行了分析。他認為，「對於具體的人，不能視作階級的『例證』」。他解釋道：「一般地說，進步階級的具體的人，在多年被壓迫之中，被統治者影響之中，其具體情形已經很複雜；而在中國的特殊的社會裏，在中國的特別沉滯的封建精神裏，其被染污被傷損的程度就更甚了。」他甚至斷言說：「由於長久地被壓抑和損害，一般說來，真正健全的主觀作用，已經沒有一個人能具有。」

胡風的《置身》全盤接受了舒蕪的分析，提出：「他們（指人民）的精神要求雖然伸向著解放，但隨時隨地都潛伏著或擴展著幾千年的精神奴役底創傷。作家深入他們要不被這種感性存在的海洋所淹沒，就得有和他們底生活內

〔註 12〕項黎（胡繩）在《感性生活與理性生活》（載《中原》1943 年 6 月 1 卷 1 期）中提出，知識分子「不是生活在生活中間，而是生活在思想中間」，「用腦子來生活得太多」，而「用四肢五官和心來生活得太少了」。董必武在整風總結會上對此提出批評，參看《董必武關於檢查〈新華日報〉、〈群眾〉、〈中原〉刊物錯誤的問題致周恩來和中宣部電》（1943 年 12 月 16 日），中國社會科學院新聞研究所編《中國共產黨新聞工作文件彙編》（上冊），1980 年 12 月內部發行。

容搏鬥的批判的力量。」

從上可見：胡風文中提出的「精神奴役的創傷」論，明顯地受到了舒蕪上述觀點的啟發。以往的論者往往簡單地將此說歸於胡風名下，如柯文輝這樣寫道：「僅僅是抓住了『精神奴役的創傷』這一說法，已足以使他（指胡風）不朽。〔註13〕」如果此說不謬，這個「他」也應該包括舒蕪。

舒蕪也許並不是第一個依據馬克思「亞細亞生產方式」的學說，明確指出長期的封建壓迫給中國人民造成了深重的精神傷害的學者，但他的表述直接啟發了胡風，這卻是事實。不過，也應該指出，胡風對「創傷」理論的解說與舒蕪也稍有不同。舒蕪僅指出封建精神對人民（包括自己）的「染污」、「傷損」、「壓抑」和「損害」，而胡風卻把它渲染成足以「淹沒」進入者的「海洋」。這樣，他的「在水裏並不就等於游泳」的觀點便順勢推出了。

若干年後，政黨中人批評胡風害怕或拒絕與人民結合，大都是從「創傷」說及「在水裏並不就等於游泳」的觀點立論的。

其三，從「生活實踐」論到「創作實踐」論

由《論主觀》的中心論點派生出的另一個分論點是，既然沒有一個人具有真正健全的主觀作用，那麼，「改造」對於任何人都是必需的。但，單憑理論的灌輸解決不了根本問題，因為主觀是「有機」的，而理論是「無機」的，若忽略了「感覺」的媒介，企圖用無機物來「填嵌」有機物，其結果並不理想。他這樣寫道：

> （主觀的）某些缺陷既被填嵌了無機物，就不免自以為這已是最發育完全的部分，而專用這部分去和客觀接觸。具體言之，即一切接觸都以生硬的理論為媒介：接觸到人民時就看作理論上那種「人民」，接觸到青年時就看作理論上那種「青年」，接觸到兵士時就看作理論上那種「兵士」，等等。這樣，不論接觸得多麼廣，終於接觸不到任何具體的東西，亦即接觸不到任何真正的客觀事物。

應該肯定，上述提法有其合理性，教條式的「學習」理論，浮光掠影的「接觸」生活，其結果必然是一無所得；此外，他還提出，如果能有「深入」生活的條件，即便是灌輸進來的理論，也並非毫無助益。他這樣寫道：「儘管只以

〔註13〕柯文輝：《耿庸其人其文》，路莘《耿庸紀傳》第219頁，人民出版社2000年版。

那填嵌上去的無機部分去接觸，但如果深入，就必然要觸到其他血肉的部分，於是便不能沒有具體的感覺，從而亦不能不從事於真正的征服和攝收了。」不過，舒蕪也知道，當時國統區的客觀環境並不允許知識分子與人民「深入」地結合。於是，他便提出一個權宜的解決方案，即：

> 可以真正在其中生活的，無論哪裏都是，原無分於前方或後方，上層或下層。無論哪種生活，只要能夠深入，原都可以有所得。
>
> 每個人的任務，是要把這抽象的東西（指理論）和自己的全部具體的思想感情真正融化起來，把它在自己內心深處具體地植起根來，把它當作自我改造的模範或目標而去不斷追求。

第一段引文談的是「深入生活」。「哪裏都是」生活，惟其「深入」方能有所得，可以歸納為「生活實踐」論。順便說一句，舒蕪不是「哪裏都有生活」論的首倡者，胡風更不是，而喬冠華是。喬曾在《方生未死之間》一文中寫道：「到處都有生活，不管是前線和後方，當前問題的重心不在於生活在前線和後方，而是在於生活態度。〔註 14〕」1948 年喬在香港發表《文藝創作與主觀》，不指明地批判了自己的這個觀點，由於沒有注明出處，曾引起胡風的強烈不滿。第二段引文談的是知識分子改造的途徑。他提出須將先進理論與思想感情「融化」的問題，其催化劑當然是對「無論哪裏」的生活的「深入」；由於生活無處不在，「自我改造」的途徑也就無限寬廣了。

胡風的《置身》綜合併發展了舒蕪的上述理論觀點。首先，他提出作家欲不被帶有「創傷」的人民所同化（淹沒），「深入他們」時就必須攜帶「思想的武裝」，但這「武裝」卻不是現成的先進理論，而是舒蕪所說的「融合」後的產物。他這樣寫道：

> 它（指先進理論）底搏鬥過程始終不能超脫感性的機能，或者說，它一定得化合為感性的機能。我們把這叫做實踐的生活意志，或者叫做被那些以販賣公式為生的市儈們所不喜的人格力量。

胡風認為，理論一經「融化」，便轉化為「意志」（他認為這屬於倫理學的範疇），後來他將這種新產物命名為「人格力量」，成為其理論的三大支柱之一〔註 15〕。

其次，他對舒蕪提出的「生活實踐」論與「自我改造」論也進行了更新。

〔註 14〕于潮（喬冠華）：《方生未死之間》，載《中原》1944 年 3 月第 1 卷第 3 期。
〔註 15〕邵荃麟：《論主觀問題》，《文學運動史料選》第 5 輯第 544 頁。

既然生活無處不在，只要深入便有所得，作家的創作實踐當然也是生活，甚至可稱為「自我鬥爭」，深入進去當然也能完成「自我改造」。他於是這樣寫道：

> 承認以至承受了這自我鬥爭，那麼從人民學習的課題或思想改造的課題從作家得到的回答就不會是善男信女式的懺悔，而是創作實踐裏面的一下鞭子一條血痕的鬥爭。一切偉大的作家們，他們所經受的熱情的激蕩或心靈的痛苦，並不僅僅是對於時代重壓或人生煩惱的感應，同時也是他們內部的，伴著肉體的痛楚的精神擴展的過程。

他如此描繪「創作實踐」的功能，無非強調它也是「生活實踐」，也是「自我改造」的途徑而已。然而，不管他把作家的「創作實踐」描繪得多麼痛苦、多麼殘酷、多麼鮮血淋漓，在政黨中人看來，也取代不了當年政黨領袖倡導的「從人民學習」和「思想改造」的政治課題。

1944 年 8 月，就在胡風撰寫《置身》的前兩個月，重慶《新華日報》轉載了《中共中央宣傳部關於執行黨的文藝政策的決定》，該「決定」指出：

> 小資產階級出身並在地主資產階級教養下長成的文藝工作者，在其走向與人民群眾結合的過程中，發生各種程度的脫離群眾並妨害群眾鬥爭的偏向是有歷史必然性的，這些偏向，不經過深刻的檢討反省與長期的實際鬥爭，不可能徹底克服，也是有歷史必然性的。

兩個必然性，這便是問題的關鍵所在！

因此，不管舒蕪在《論主觀》中怎樣譏評「祖傳法寶的所謂『反省工夫』」，怎樣推崇「自我改造」，也不管胡風在《置身》中怎樣詛咒「懺悔」，怎樣推崇「創作實踐」，都改變不了政黨要求知識分子長期地無條件地進行「脫胎換骨」改造的決定。

以後的問題大都由此而生！

三

上世紀 40 年代舒蕪與胡風的結交及由互相砥礪而產生的《論主觀》、《置身》等有影響的論文，最直接的後果是推動以胡風為代表的文藝流派跨入了思想文化領域，並涉足與當年政黨整風密切相關的反對「教條主義」、「思想統一」、「從人民學習」、「思想改造」等重大政治話題。《希望》雜誌也因此無復《七月》的舊貌，而成為綜合性的文化期刊，並從此引起了政黨的嚴重關注。

當年，某些同情胡風的黨內人士對《希望》跨入思想文化領域也頗有微辭，邵荃麟在參加過《論主觀》討論會後曾說：「胡風走得太遠了，《希望》還是辦成一個純文藝刊物好。〔註 16〕」此話說得意味深長。

概而言之，在當年政黨為實現宏大奮鬥目標而全力促進思想統一（整風）的大環境下，胡風、舒蕪這批黨外的左傾知識分子放言批評整風中出現的新的「教條主義」傾向，要求繼續解放思想和獨立探索，其志可嘉，其情可憫。但由於他們的理論素養及理論準備不夠充分，批評不合時宜，相關論文的客觀效果並不理想。

〔註 16〕轉引自彭燕郊《荃麟——共產主義聖徒》，載《新文學史料》1997 年第 2 期。

聶紺弩與《七月》的終刊及其他〔註1〕

《聶紺弩全集》第10卷之「附錄三」為《聶紺弩生平年表》，1941年「事略」有云：「在重慶，承印由胡風編就的《七月》最後一期，後因返回桂林，以致《七月》延誤半年未出刊，被弔銷登記證。〔註2〕」

這段表述可商榷之處甚多：其一，聶紺弩1941年4月赴重慶接手《七月》編務，「承印」的是胡風已編好的三期，並非「最後一期」；其二，聶「在重慶」時印出了《七月》第6集第4期，「返回桂林」前將餘兩期的印刷及續後的編務移交給了他人。換言之，聶與《七月》「延誤半年未出刊」事及「被弔銷登記證」事並無直接的關係。

全集編者僅以胡風的有關敘述為依據，誤以為聶紺弩應承擔《七月》終刊的全部責任。茲事體大，不可不辯。

一

《七月》雜誌於1937年9月11日創刊於上海，為週刊，共出3期；1937年10月16日復刊於武漢，為半月刊，共出18期；1939年7月再復刊於重慶，為月刊，共出14期（中有脫期及兩次合刊）；1941年9月第7集第1～2期合刊印出後未續出，1942年3月被弔銷「登記證」。

胡風曾談到聶紺弩在《七月》終刊問題上應負有責任。1954年他在「萬言書」中簡略地寫道：

〔註1〕載《新文學史料》2007年第3期。

〔註2〕《聶紺弩全集》第10卷第378頁。武漢出版社2004年版，下不另注。

> 我去香港之前，把《七月》交給了聶紺弩同志，並由馮乃超同志照料。聶紺弩同志是黨員，他又早表示過願意做《七月》的工作，也是因為這周總理才同意了他從新四軍出來的。但我走了以後他沒有管，接著《七月》也被禁止了。〔註3〕

按，1939年初胡風曾有創辦《七月》「大眾版」的計劃，並為此向周恩來請調聶紺弩過來主持。次年，由於《七月》在大後方的處境不佳，他已萌生了「廢刊」的念頭〔註4〕，自然也就取消了創辦「大眾版」的計劃。皖南事變後，他把《七月》委託給聶紺弩，此事與周恩來當初同意調聶並不是一回事。

1984 年胡風又在回憶錄中比較具體地談到聶紺弩在《七月》終刊問題上應負的責任，寫道：

> 我臨離開重慶時，曾一再委託老聶要將《七月》繼續編下去，並且還留下了夠幾期用的稿件，但他一期也沒編，又到桂林來了。現在，國民黨書審處以長期停刊為由弔銷了《七月》的登記證。他對我拆的這個爛污可真不小，我回重慶後想再恢復《七月》就不可能了。〔註5〕

按，胡風在這裡談的是「繼續編」，而不是「承印」。「繼續編」與「承印」分屬兩個不同的責任，在此預作說明。

聶紺弩的回憶有所不同。他未談「承印」事，只談及自己在「繼續編」事上未盡責，同時認為胡風在此事上也有責任，但根本原因在於國民黨當局的蓄意打擊。1955 年他在一份「交代材料」中寫道：

> 他要我接著編《七月》。但他因為怕在路上發生問題，不敢告訴書店他到香港我繼續編的事，甚至到了香港也不寫信來把問題講清楚，以致我無憑證向書店交涉。那時是重慶「五三」、「五四」大轟炸（應為「六五大隧道慘案」，筆者注），書店不知搬到什麼鄉下去了，街上店鋪也都關了門，也無法交涉。再，他的那些作者我一個不認識，他一個也未介紹，又都四散地住在鄉下，不容易找，找不到一個人商量。我自己又正在鬧家庭問題，煩惱之極，想回桂林去，

〔註3〕《胡風全集》第6卷第319頁。湖北人民出版社1999年版，下不另注。

〔註4〕胡風1940年5月17日致蕭軍信：「本想和你談一談。《七月》，我打算廢刊了……」曉風、蕭耘輯注《蕭軍胡風通信選》，載《新文學史料》2004年第2期。

〔註5〕《胡風全集》第7卷第562頁。

沒有給他編，以致國民黨藉口過期，把登記證弔銷了。其實如果知道編的人是我不是他，也會弔銷的。因為這件事，他對我長期地懷恨。〔註 6〕

按，聶說的《七月》終刊的最根本的原因，前幾年得到了證實。據曾任「胡風專案審查小組」辦公室副主任的王康披露，他們查到了 1941 年 5 月 16 日國民黨中央圖書雜誌審查委員會致偽中宣部函，其中有云：

《七月》企圖透過文藝形式達到其謬意宣傳的目的。本會審查該刊物時極其嚴格，總期設法予以打擊，使其自動停刊。〔註 7〕

該函發出時間在胡風潛離重慶的後 9 天。由此可見，國民黨在「皖南事變」後已有弔銷《七月》「登記證」的預謀，但刊物的「長期停刊」也確實為當局的扼殺提供了藉口。

在明確了這個歷史前提的條件下，繼續探討聶紺弩與《七月》終刊的其他相關因素，挖掘其中未廣為人知的歷史細節，展示那一代人文化人因個性、情感、事業心、使命感的差異而形成的錯綜複雜的關係，也許並不是沒有意義的。

二

1943 年 2 月，胡風在離桂赴渝前曾在《民族革命戰爭與文藝性格》的「序」中對《七月》終刊的有關責任人進行過譏諷，他這樣寫道：

在我自己，那（指《七月》，筆者注）是一個悲歡離合的紀念：在這個期間鼓勵了我、幫助了我的人們，有的已經戰死沙場，完成了神聖的使命，有的固守陣地，各自在艱苦裏面奮力作戰，有的匯入了鬥爭主流的大海，甚至彼此斷了消息，也有的別圖發展，視往日的貧賤之道為蠢事，視往日的貧賤之交為令名之玷……。對於崇高的死者，這裡寄寓了誠懇的追悼，對於忠貞的生者，這裡寄寓了懷念的問訊，對於穿捷徑而去的黠者，這裡也寄寓了決絕的告別。〔註 8〕

在此文中，他把「七月社」同人分成了三類：第一類是「崇高的死者」，第二類是「忠貞的生者」，第三類是「穿捷徑而去的黠者」。第一類人當指烈士

〔註 6〕《聶紺弩全集》第 10 卷第 37～38 頁。
〔註 7〕王康：《我參加審查胡風案的經歷》，載 1999 年 12 月 18 日《文匯讀書週報》。
〔註 8〕《胡風全集》第 2 卷第 496～497 頁。

丘東平，第二類人當指艾青、蕭軍、彭柏山、曹白、蕭紅等，第三類人指的當然是與《七月》終刊有關的責任人。按照胡風描述的特徵，這個所謂「黠者」應指曾為好友、此時仍在大後方、且手頭另有刊物的人。

符合胡風所述特徵的「七月社」同人只有聶紺弩。

聶紺弩是胡風的老朋友。他們結交於 1931 年，曾同在日本東京參與左翼文化活動。1933 年同日被日本警察逮捕，同日被驅逐出境。返國後，同在左聯和魯迅的旗幟下奮鬥。抗戰初期，一同參與《七月》半月刊的創辦。其後聶曾赴山西、陝西、皖南等抗日民主根據地從事救亡工作。他一向比較關心《七月》，1937 年底《七月》在武漢復刊時，他曾向胡風表示願意幫忙做編輯工作，胡風沒有同意；1939 年《七月》在重慶再復刊後，胡風曾向周恩來請調他來主持《七月》的「大眾版」，他只表示願在金華編輯《七月》的南方版。1941 年 7 月返回桂林後，他為《力報》編輯副刊《新墾地》和《半月文藝》，為遠方書店編輯《山水文叢》，參編《野草月刊》，還與駱賓基合編著《文學報》。

胡風在文章中譏諷他「別圖發展」，聶是知道的。1955 年聶在一份「交代材料」中寫道：「他說（我）斷送了《七月》，說我既不能令又不受命，對我不怎麼好了……這中間，他曾在編後記之類的捎帶地諷刺過我幾次。」〔註 9〕

三

聶紺弩與《七月》終刊的關係尚須繼續探討。

據胡風回憶錄，他在離渝赴港前已把《七月》的編輯事務全部託付給聶紺弩了——1941 年 1 月中旬他得知中共南方局有讓進步文化人分批撤出重慶的指示後，2 月底即致信周穎催聶紺弩從桂林過來「接編《七月》」。4 月 24 日晚，他與趕到重慶的聶紺弩「商量繼續編《七月》的事」，並向聶「介紹留下的可以寫文章的作家和一些可用的稿件」。5 月初，又「給他介紹了幾個朋友，如路翎、阿壟等，並將重慶的存稿交給他，還有一些未清理的就交給了路翎，希望他們能齊心合力將《七月》繼續編下去」〔註 10〕。

參看上引聶紺弩「交代材料」，他似乎並不認為胡風已把出版和繼續編輯《七月》的事務完整地移交了——其一，胡風沒有給他出具可與出版商交涉的

〔註 9〕《聶紺弩全集》第 10 卷第 129 頁。
〔註 10〕《胡風全集》第 7 卷第 504～509 頁。

委託書，也沒有將主編易人事通知出版商；其二，胡風只把幾位作者的聯繫方式告訴了他，並沒有讓他們協助編務；也沒有把「存稿」全部交給他，而只是給他已編好的三期。聶認為，這兩點是造成他接編《七月》後遇到麻煩和困難的主要因素。此外，他還提到日軍空襲、出版社遷址、個人感情問題等不可預測因素的影響。

聶紺弩所言兩點是否有根據，以下分別進行考證。

先考證第一個問題：胡風是否把聶紺弩接手主編《七月》事通知了出版商，並辦妥了相應手續？

當年胡風等人按照中共的安排撤往香港，是為抗議國民黨悍然發動的「皖南事變」。撤離計劃保密，行前單獨通知，行程中使用化名，持偽造證件，具有一定的危險性。在胡風看來，華中圖書公司老闆唐性天「是接近國民黨的出版商」，他為了安全起見，未將行程通知唐性天，這是完全可以理解的。這樣，便造成聶紺弩所說的事實：出版商不知《七月》主編易人，聶也拿不出可徵信的憑據與出版商交涉。

聶紺弩所說的「憑證」，實際上指的是兩份文件：一是《七月》的出版「登記證」，二是刊物原主編的「委託書」。前者，胡風在臨行前已經給他了；後者，胡風卻沒有為他出具。由於胡風的百密一疏，聶紺弩在與出版商交涉時一定多跑了不少冤枉路。

胡風抵達香港後，是否向聶紺弩和出版商補寄了相關手續呢？應該是有的。

6 月 5 日胡風抵達香港，不久便分別給聶和唐性天去過信。但他沒有料到，就在他抵達香港的這一天，日本空軍悍然空襲重慶，釀成震驚世界的「六五大隧道慘案」，死傷數千人，山城幾成鬼域，通訊一度癱瘓。因此，不管他在信中是否補寄了相關手續，也很難及時地送到聶和唐性天手裏。

聶紺弩說：因為轟炸，「書店不知搬到什麼鄉下去了，街上店鋪也都關了門，也無法交涉」，說的就是當時紛亂的狀況。胡風 7 月 17 日在給路翎的信中抱怨：「渝刊託了一個朋友，但直到現在渺無消息。我編好了三期，但到現在也一期沒有印出。老闆也不來隻字，莫名其妙。〔註 11〕」說的也是轟炸所造成的後果。

〔註 11〕胡風致路翎信均見於《胡風全集》第 9 卷，下不另注。

儘管日軍空襲，儘管交涉困難，儘管交通不便，聶紺弩仍未放棄努力〔註12〕。6月底，他還是把《七月》第6集第4期印出來了。

稍遲，胡風獲知了刊物出版的消息，但沒有收到樣刊。8月9日他再給路翎去信，寫道：「雜誌方面，老闆一直不理，不知稿費寄了沒有？託付的友人來了一信，說下期已排好，但以後又無消息。請他們寄幾冊來也沒有影子，毫無辦法。過幾天再看罷。」信中所說的「稿費」，指剛印出的第6集第4期的稿酬；「下期」，指的是待印的第7集第1期。

直到8月中旬，胡風才意識到當時未能及時收到樣刊的真正原因。8月13口他在給路翎的信中提到了口機近來對重慶的「轟炸」，寫道：「前幾天曾由守梅兄轉一信，看近日轟炸得那麼凶，那信不知能否收到。」

由於各種原因，聶紺弩於7月底返回桂林〔註13〕。行前將督印《七月》餘兩期及繼續編輯事委託給了歐陽凡海。歐陽也是「七月社」同人，時任重慶《新華日報》和《群眾》的編輯。聶從此與《七月》脫離了關係。

歐陽凡海接手後，於當年9月印出《七月》第7集第1～2期合刊〔註14〕，並著手編輯第7集第3期。由於作者、稿件等方面的原因，延至次年1月才編好。

附帶說一句，聶尚在重慶時，曾向胡提出將《七月》移至桂林出版的建議，待到他把編務移交後，似乎再未考慮過此事。胡風接到聶返回桂林的來信後，於9月18日覆信，寫道：

> 接信知己抵桂。……現在數事盼速告我：(一)友人題名錄即抄一份寄來，恐遺失，故煩抄，此對我非常迫切，(二)七集三、四事如何解決？編了還是沒有？你與老闆沒有接過頭麼？稿費及刊事使我非常難過，辛苦四年，卻弄成了這個扯爛污的收場，對作者讀者

〔註12〕聶紺弩曾在致彭燕郊的信中寫道，重慶這地方讓他吃很多苦頭，交通不便，跑一次印刷廠得花一整天。轉引自彭燕郊《回憶胡風先生》，載《新文學史料》2002年第4期。下不另注。

〔註13〕聶曾寫道：「第一次在重慶，時間很短，大概兩三個月。」《聶紺弩全集》第10卷第19頁。胡風1941年9月18日致聶紺弩信「接信知己抵桂」。綜合以上信息，判斷聶返回桂林時間當在7月底至8月初。

〔註14〕彭燕郊《回憶胡風先生》認為：「最後一期（指第7集1～2期合刊）是他（指聶紺弩）經手印出來的。」冀汸《馮白魯片段》認為：「這一期是由當時在《新華日報》工作的歐陽凡海經手出版的。」鑒於聶紺弩7月已返回桂林，筆者取冀汸說。

都有愧的。刊、稿費、登記證等，只好設法去弄一弄看，不過乃超也是不高興弄這種非大業的無聊事的。還有（三）把凡海通信處即告我。

此時，胡風已獲知《七月》第 7 集第 1～2 集合刊印出事，催辦的是續後各期的編務。信中所說的「友人題名錄」，即離渝前給聶的「幾位朋友」的通訊地址；「登記證」云云，指的是原議的將《七月》「登記證」改址桂林事，此事當委託給了馮乃超（時任中共南方局「文委」委員）；信中囑即告「凡海通信處」，應是為了能直接與歐陽凡海聯繫；但信中仍催問「七集三、四（期）如何解決」，似乎還不能確定聶是否已將編務妥善地移交給了歐陽。

兩個月後，胡風總算清楚了編務移交事。由於遲遲未見新刊，擔心脫期太久會被弔銷「登記證」，便寫信給歐陽凡海，未得回信。又給時在桂林的彭燕郊去信（11 月 17 日），寫道：「凡海又無回信，不知怎麼弄的，你也去信催問一下，餘兩期總要編出來才好。〔註 15〕」這裡的「餘兩期」，指的就是 9 月 8 日致聶信中的「七集三、四（期）」。

四

再考證第二個問題：胡風是否給聶紺弩繼續編輯《七月》提供了必要的條件？這裡主要說的是作者和稿件。

據胡風回憶錄所述，他在行前曾兩次把稿件和作者向聶移交，已見上述。

聶紺弩的回憶則完全不同。1955 年，他在一份「交代材料」中寫道：「（他）叫我接編《七月》，把登記證和幾個作家地址交給我就走了。稿子一篇也沒有，那些作家一個也不認識，又彼此住得非常遠，動輒幾十百把里路……因為這些條件，《七月》出不出來……〔註 16〕」

一個說是把「作家」和「可用的稿件」全移交了，一個說「稿子」和「作家」全沒給。他們的說法太不相同了！

胡風所說的「作家」，指的是重慶地區的幾位文學青年，路翎、阿壟、何劍熏和莊湧等數人。當時，路翎在地處北碚的經濟部礦冶研究所會計科當職員，阿壟在重慶的軍令部第二廳任少校參謀，何劍熏在江北縣悅來場崇敬中學教書，莊湧不知在何處飄泊，連胡風給他的信也要寄「國民黨中央組織部莊靜

〔註 15〕轉引自彭燕郊《回憶胡風先生》。
〔註 16〕《聶紺弩全集》第 10 卷第 127～128 頁。

女士轉」〔註17〕。聶紺弩與阿壟見面也許不太困難，但要找到其他人委實不容易。

聶紺弩在重慶時不曾與路翎謀面，也就不可能與這幾位青年朋友「齊心合力」編輯《七月》。這裡有一個旁證，見於路翎與聶紺弩、彭燕郊的第一次通信。1942年1月20日路翎在給他們的信中寫道：

> 你們的地址和近況我是從守梅兄那得知的。在這一長段沉悶的生活裏，我異常傾慕南方，傾慕你們的工作。因為不甘寂寞，就這樣向你們寫起信來，作這忸怩的初次訪問了……我現在在這裡當小職員，自然這種生活你們是知道，不需要我多說的。我也無法介紹我自己——詳細說起來，盡是一些難堪的臭氣。

從信中口氣看，他尚未與聶紺弩有過一面之緣。由此可見，胡風所說的「介紹」，真是只把「友人題名錄」交給了聶而已。

胡風提到的留給聶紺弩的「可用的稿件」，指的是已編好的三期《七月》，並不是未經整理可供繼續編輯的「存稿」。「存稿」當時分別存放在重慶北溫泉紹隆寺保育院周穎、北碚經濟部礦冶研究所路翎和華中圖書公司等三處〔註18〕。沒有胡風的親筆信，受託人不會將這些稿件輕易交給別人，甚至包括接編者聶紺弩及胡風的其他青年朋友。這裡也有一個旁證，見於1941年10月26日胡風致路翎信，他寫道：

> 現在，有事託你。
>
> 一、附給周女土的信，你到那裡去交給她。地址離北溫泉還有三四里路。我有一袋稿子存在她那裡，叫她給你理一理，你把（一）東平的一篇長稿、（二）紙卷上寫有一個「塔」字的幾篇小說，拿來寄給我。
>
> 二、另兩信，是給北碚華中的。你送去，問劉譔敏先生或張錫福先生，把那裡的來稿拿來清理一下，好的留下，把篇名、作者、字數告訴我再作處理。不好的，附郵者退去，未附者扔掉。私信轉給我。——如兩人都不在，即與店中人交涉。

路翎如果不執胡風的親筆信，大概也是拿不到「存稿」的。然而，迄今尚

〔註17〕胡風1941年8月29日致路翎信。

〔註18〕彭燕郊文中說，胡風去香港前曾將《七月》的存稿交復旦大學學生牛宗瑋收藏在一個防空洞裏。此事尚無旁證，暫宜存疑——筆者注。

無資料證實，胡風也給聶紺弩寄出過這樣的委託書。

當然，如果聶紺弩願意繼續把《七月》編下去，作者及稿件的問題並非不能解決。然而由於那時他的家庭問題鬧得很大，連周恩來也介入進行調解，他無心在重慶呆下去，只得匆忙返桂〔註 19〕。

聶紺弩將《七月》編務移交給歐陽凡海，此事胡風、路翎不久都知道了。1942 年 1 月 20 日路翎在致聶紺弩、彭燕郊的信中寫得很清楚：「燕郊兄的街頭詩和另外幾首短的，還是轉給渝刊海兄呢，還是直接寄給你們的刊物？望告訴我。〔註 20〕」信中的「渝刊海兄」，指的接手《七月》的歐陽凡海；「你們的刊物」，指的是聶紺弩返回桂林後與彭燕郊主編的《力報》副刊及文學叢刊。1942 年 2 月 9 日路翎再致聶、彭，提到《七月》編輯工作的進展，寫道：「渝刊由凡海兄負責，現在第一期已送審。」

以上兩信，足證路翎當時已確信聶紺弩與《七月》的編務無關。

歐陽凡海接手編輯的是《七月》第 7 集第 3 期，如果能趕在 2 月印出，與第 7 集第 1、2 卷合期出版的間隔時間只有 5 個月，刊物還不至於因「自動停刊半年」而被當局注銷「登記證」。然而，由於當局的蓄意打擊，圖書審查部門的故意拖宕，遂使歐陽的努力落空。

1942 年 3 月 2 日路翎又致聶、彭，寫道：「聽穆兄（指阿壠）說，他聽到兩個消息，一是 F 和 M・D（指胡風和梅志）等已至廣西某處，一是渝刊已被弔銷出版證。前一個消息你們知道麼？」他特別提請聶、彭關注的是胡風脫險事而不是「出版證」被弔銷事，足見他非常清楚誰應對刊物停刊負責。

胡風當時的看法與路翎並無不同。1942 年 3 月 6 日胡風從香港脫險來到桂林，3 月 22 日在給路翎的信中寫道：

> 至於今度所說的，恐怕目前只能以叢刊的形式出現。他要我看稿，但我頂多只能從旁幫一幫。而渝刊的登記事，現在想請老闆交涉一下看。不成也沒有關係，我要用別的方式進軍，但我看也許可以交涉得好的，只要老闆用點力。事情壞在海君的手裏。

〔註 19〕聶曾回憶道：「第二次到桂林，真正的原因是因為石聯星在那裡。這件事周總理也知道，曾把周穎找來勸解，叫她要麼離婚，要麼好好共同生活，不要吵。她答應不吵。但一碰見總是吵，整夜整夜地吵，沒法再在一塊兒生活，因此到桂林去。」《聶紺弩全集》第 10 卷第 83 頁。

〔註 20〕路翎給聶紺弩、彭燕郊信均引自張以英編《路翎書信集》，漓江出版社 1989 年版。下不另注。

信中的「今度」指的是聶紺弩，「叢刊」指的是聶手頭待編的刊物，「渝刊」指的是《七月》，而「事情壞在海君手裏」，明確道出《七月》的終刊責任在歐陽凡海（這個責備並不公正，筆者注〔註21〕）。此時，他尚對聶紺弩心無芥蒂，於是欣然接受了聶的「看稿」邀請，答應「從旁幫一幫」。

看來，胡風在離桂前撰文斥責聶紺弩為「黠者」，不僅是因《七月》終刊事。不過，除此之外，還能有別的什麼事嗎？

五

胡風剛抵達桂林時，對聶紺弩的態度還好；不久，發生了微妙的變化。

他在回憶錄中曾簡略地提到與聶在桂林的交往，並對聶及聶的助手彭燕郊的「生活態度」有所評說。他寫道：

> 老聶也是常來的，從第一天在旅館見面後，他就是我們的常客。不過，可能是因為我的住處只有兩張竹椅，客來多了就只好坐在床上，加上下午西曬，所以他多半來約我們到七星岩下的茶館去喝茶，同時可以和許多青年朋友見面。他這時的工作是《力報》副刊的編輯，實際上他並不認真地負責，都是彭燕郊幫他編。他自己總是在中午後就出來到處走走看看朋友。……彭燕郊不知是不是和他一道從新四軍出來的，至少也是受了他的影響。一個對詩創作很有才華的青年作者過早地離開了實際鬥爭生活，令人惋惜。現在，他和老聶一樣，浮在這溫馨的可以自我陶醉的文化圈裏，對寫作失卻了熱情，還才剛二十來歲呢，太危險了。幸好他為人本質好，沒有成為當時那麼一種淺浮的油滑青年，還有著事業心。〔註22〕

聶紺弩曾在1955年的「交代材料」中寫到在桂林時與胡風的交往，並對胡風對他及彭燕郊前後態度的變化略有評說。他寫道：

> 四一年下半年，我從重慶回到桂林，桂林《力報》又要我去編副刊……本來可以一個人編的，特別拉彭燕郊去作助編，以表示並非我不要助編……這樣彭燕郊就和我在一塊兒做事。太平洋戰事發

〔註21〕歐陽凡海為《七月》盡了力。參看《陽翰笙日記選》（四川文藝出版社1985年版）第9頁（1942年1月15日日記）：「瑞麒、蘇怡、凡海、昌霖相繼來訪。午後去看性天，要他為《七月》、《戲劇春秋》兩雜誌加稿費，否則凡海、昌霖均無法幹下去了。談了半天，結果他答應，多少總可以去想點辦法。」

〔註22〕《胡風全集》第7卷第562頁。

> 生，香港的文化工作者回到桂林，胡風也在內。彭燕郊是這個時候才認識胡風的。一開始，往來似乎很勤，但我未碰見過。有兩次印象還記得。一次，他從胡風那裡回去，對我說，胡風問你為什麼不到他那裡去玩。一次說，有人問胡風，老聶來過沒有？胡風說，他還來我這裡！……後來胡風很不喜歡彭，說他是浮薄少年之類。有一次，彭的一本詩集要出版，要我替他寫一篇序，我寫了。胡風看見了，對我大發脾氣，說替這樣的人的書寫序！〔註 23〕

他們對彼此關係的描述同樣大不相同，其中奧秘，耐人尋味。

說到底，胡風對聶紺弩的態度變化，首先還是由於《七月》的終刊事。

剛到桂林時，他還覺得《七月》的「登記證」被弔銷並不是件大事，請出版商重新登記一下即可，「不成也沒有關係」。後來發現，重新登記非常困難。於是，便把怨氣轉移到了聶紺弩的身上。

1942 年 4 月 15 日他在致路翎的信中寫道：「刊，還要交涉恢復。這壞在兩位仁兄手裏，他們平時那樣關心，自己要來幫忙，但臨時不肯花費一兩天的工夫，讓人家得到了捏死的藉口。」半個月前他在給路翎的信中還只是抱怨歐陽凡海一人（「事情壞在海君的手裏」），現在他卻把聶紺弩（「兩位仁兄」）也扯進來了。

其次，胡風的強烈事業心和高度使命感也使得他不願長久地居於「幫」聶紺弩的地位，他必須有自己的刊物。這樣，便產生了新的矛盾。

剛到桂林時，他還覺得手頭沒有自己的刊物並不打緊，可以「用別的方式進軍」，滿足於「從旁幫一幫」聶。後來發現，桂林的出版事業相當發達，大有用武之地，便考慮要另起爐灶了。

1942 年 4 月 15 日他在致路翎的信中寫道：「叢書，正在交涉中。今度不願用『七叢』的名字似的，那就由他另外弄一套。」信中所說的「叢書」，指的是聶紺弩手頭正在編的文學叢書（後定名為《山水文藝叢刊》）；「七叢」，指的是他曾用過的「七月文叢」和「七月詩叢」的舊名。看來，他曾經想說服聶紺弩以「七叢」命名那套文藝叢書，不料遭到對方的婉拒，於是便決定各搞各的。

由於胡風與聶紺弩各有各的刊物，重慶的那批「存稿」，尤其是其中來自民主根據地的稿件，便成了他們爭奪的目標。

〔註 23〕《聶紺弩全集》第 10 卷第 237～238 頁。

其實，早在胡風避居香港時，聶紺弩從重慶返回桂林後，爭奪「存稿」的事已經發生過了。

胡風避居香港後不久，便起心要創辦《七月》「港刊」，與「渝刊」互相呼應。開始時，他對聶紺弩還比較放心，信中（1941 年 6 月 21 日）囑咐路翎等凡有新作，「可抄寄渝港各一份」；在給彭燕郊信中（1941 年 7 月 23 日）也說，「如桂刊能出，這裡就算海外版，稿件互用」。後來，「港刊」有望批准，「桂刊」還在議中，他便打算以「港刊」為「總站」，以「渝刊」和「桂刊」為分「聯絡點」〔註 24〕，信中（8 月 29 日）囑咐路翎：「即日先把那以後未發表的稿都寄來。刊，法律手律即妥，預計來月要趕出兩期。」再後來，「港刊」未獲批准，「桂刊」也無指望，他又決意要出版「七叢」港版，寫信（10 月 26 日）囑咐路翎去周穎及出版商處把所有的「存稿」清理一遍，留下「好的」，退回或仍掉「不好的」。

聶紺弩返回桂林後，繼續替《力報》編副刊，還參編《野草月刊》，另有遠方書店請他編輯文藝叢書，也非常需要稿件。1942 年初他通過阿壟向路翎索要「存稿」，路翎來信稱（1 月 20 日）：「渝刊有一些稿子在我這裡，隔幾天當整理出一部分來寄給你們的將出世的刊物。」此後，路翎大約每月給聶寄一「卷」稿，每「卷」萬餘字。然而，不知什麼原因，聶並未如數收到，於是仍頻頻去信催寄。3 月 12 日路翎又來信稱，將寄出何劍熏的小說《著魔的日子》及田間、阿壟、孫鈿的詩稿，並承諾一月後寄出新作《飢餓的郭素娥》。

就在這個時候，胡風從香港脫險來到桂林，在知曉路翎給聶寄稿事後，去信時便略有責備意。路翎不解，覆信時（3 月 15 日）辯解道：「我是說，假若今度兄籌劃的青鳥能夠飛起來的話，在重慶（應為桂林，筆者注）有一個營壘不是更好麼？」3 月 22 日胡風又致信路翎，暗示道：「十多天以來，漸漸地，有時感到非常地非常地孤單。是我的幻想在舊的實體面前發抖了麼？是主觀的要求並沒有伴隨著可用的戰術因而發怔了麼？是要求過強，因而對於戰友的期待過苛了麼？……」由於信中沒有寫明與聶的矛盾，路翎沒有看懂，還是給聶寄稿。4 月間，路翎分兩次把《七月》所存的幾乎全部詩稿都寄給聶了，只是沒有寄出他的小說新作《飢餓的郭素娥》，他想把它留給胡風作為見面禮。

胡風得知路翎繼續給聶寄稿事後很是著急，趕緊給路翎去信（5 月 3 日），再也顧不得掩飾與老朋友聶紺弩在「存稿」事上的矛盾了。他寫道：

〔註 24〕胡風 1941 年 9 月 18 日致聶紺弩信，《胡風全集》第 9 卷第 425～426 頁。

> 前些時 X 君（指聶紺弩或彭燕郊，筆者注）偶然告訴內人，說叫你把《七月》所收詩稿全寄給他。一兩天後他對我說，你把詩稿寄他，快收到了。我沒有做聲。是不是寄出了？如尚未寄出，希望你全部選一選，把好點的和田間後寄來的全部稿子寄我，直寄我這裡。即日掛號航寄。……如已寄出，那就不必說了。……我自信是在艱苦地走著一條路，同情我的「友人」當然是為了在一條路上或願意在一條路上的原故。這路決不是為我自己的。但事實卻打毀了我。我原來是一個在對於他人的信任裏面自欺自的理想主義者。但我卻是忠厚的，即使在香港時不能明白，一到這裡就應該馬上明白的，但直到最近才省悟過來。我何曾懂得這社會！——刊，就這樣讓人捏死了。它還只打下了一點基礎，還沒有真正說出它的希望。可笑的是，這當中，我還接二連三地做夢似地寫信拜託。

矛盾已經公開了，信中的「友人」且是打上了引號的。路翎這次讀懂了，追悔不及，只得一再道歉。5 月 11 日他在覆信中寫道：「這是我底糊塗，也怪我根性太劣。錯已經鑄成了——請原諒我，論文收到否？後一信收到否？」5 月 12 日他又補寫一信，再次表示歉意：「記得 X 兄（指聶紺弩或彭燕郊，筆者注）來信裏曾有說，要詩稿，你已同意，而且渝刊難恢復，你暫不得來渝。當時沒有想一想，就寄了。慚愧之至！」

聶紺弩得知胡風為此事生氣後，起初感到有些納悶：他素來是個「大自由主義者」，本無心在文壇上自稱霸主，對方何必如此猜忌。後來，他想開了，便做了一些事情向老朋友表示歉意：他把收到的田間、阿壟、孫鈿等的詩稿都送還給胡風；還把遠方書店委託他和彭燕郊編輯的《山水文藝叢書》讓給胡風編了第一期，並以胡風新作篇名《死人復活的時候》作為叢刊的書名；次年，又把與駱賓基合編的《文學報》也讓給胡風編了創刊號。

然而，不管聶紺弩如何真誠地以實際行動表示歉意，胡風仍不肯輕易地原諒這位老朋友。離桂返渝之前，不由得又想起了那些舊怨，於是提筆在《民族戰爭與文藝性格》的「序」中譏諷了聶紺弩一番。

2007/4/12

《七月》週刊與《吶喊》(《烽火》)週刊合評〔註1〕

提要：

胡風主編的《七月》週刊與茅盾主編的《吶喊》週刊都創刊於1937年淞滬抗戰爆發後的上海，同為當年較有影響的救亡文藝刊物。胡風對《七月》週刊的評價甚高，認為它「抵制了所謂標語口號的教條公式主義的浮囂文風」，作為參照系的當然是早於其面世的《吶喊》週刊。本文從幾個角度對這兩個姊妹刊物進行比較，並試圖對她們的異同處作出初步的評價。

主題詞：《七月》週刊；《吶喊》週刊；比較

《吶喊》週刊和《七月》週刊先後創刊於1937年「八·一三」淞滬戰爭爆發後的上海，同是當年較有影響的救亡文藝刊物。

《吶喊》週刊創刊於8月25日，第3期更名為《烽火》，共出版14期。1938年5月1日復刊於廣州，改為旬刊，刊期連續。《七月》週刊創刊於9月11日，共出版3期。同年10月16日移至武漢，改為同名半月刊，刊期另起。

晚年的胡風曾在多篇文章中談到《七月》週刊。1979年10月，他在《我的小傳》中寫道：「抗戰起，『血誓』的喊聲集為《為祖國而歌》。自籌印費編輯出版了《七月》(小週刊)，堅持通過生活實際反映人民性的真實和歷史動向的現實主義道路，抵制了所謂標語口號的教條公式主義的浮囂文風。〔註2〕」

〔註1〕載《江漢論壇》2007年11期。

〔註2〕《我的小傳》，《胡風全集》第7卷第209頁。《胡風全集》，湖北人民出版社1999年版。

1982 年他在會見美國學者柯絲琪女士時又談到了《七月》週刊，更明確地說道：

> 1937 年上海發生「八・一三」事件，抗戰開始了，硝煙彌漫，戰火紛飛。當時上海原有的一些刊物的主辦人都認為現在打仗了，大家沒有心思看書，用不著文藝刊物了，所以都紛紛停刊。只剩下一個縮小的刊物《吶喊》(後改名《烽火》)，卻陷入了一種觀念性的境地，內容比較空洞。我認為這很不夠，不符合時代的要求；這時候應該有文藝作品來反映生活、反映抗戰、反映人民的希望和感情。因此，我就和朋友們湊了幾個錢，在上海創辦了《七月》週刊（是用一張報紙折疊成的十六開本）。這就是《七月》創辦時的情況和辦《七月》的主要宗旨。〔註 3〕

看來，要想如實地評價《七月》週刊或《吶喊》(《烽火》) 週刊的歷史功績，非進行比較式的綜合研究不可。首先需要考辨的是：「八・一三」淞滬抗戰爆發後，上海文藝刊物的「主辦人」是否普遍存在著「文學無用論」的觀念；其次需要考辨的是：《吶喊》(《烽火》) 週刊是否存在著「觀念性」的傾向或「標語口號的教條公式主義的浮囂文風」；最後則需要對這兩個姊妹刊物的異同處作出恰當的判斷。

一

胡風對抗戰初期上海文藝刊物狀況的描述不甚準確。

「八・一三」淞滬抗戰前後，上海確實有許多文藝刊物被迫停刊，如黃源主編的《譯文》月刊（1937 年 6 月終刊）、魯少飛主編的《時代漫畫》(1937 年 6 月停刊)、卞之琳等主編的《新詩》(1937 年 7 月 10 日停刊)、錢瘦鐵等主編的《美術生活》(1937 年 8 月 1 日停刊)、朱光潛主編的《文學雜誌》(1937 年 8 月 1 日停刊)、黎烈文主編的《中流》(1937 年 8 月 5 日停刊)、洪深、沈起予主編的《光明》半月刊（1937 年 8 月 10 日停刊)、傅東華主編的《文學》月刊（1937 年 11 月 10 日停刊)；另有不少雜誌「遷址」或「休刊」，如林語堂主編的《宇宙風》，1938 年 4 月遷到廣州出版；巴金和靳以合編的《文叢》，1938 年 2 月遷至廣州復刊，等等。

但，導致這些文藝刊物的終刊、停刊或遷址的根本原因並不在於所謂的

〔註 3〕《關於〈七月〉和〈希望〉的答問》，《胡風全集》第 7 卷第 216～217 頁。

「文學無用論」，而是有著其他的原因。

首先，是為了避免戰爭帶來的經濟和文化損失。5 年前「一・二八」淞滬戰爭期間，日本飛機從停泊在黃浦江上的航空母艦上起飛轟炸上海，商務印書館及東方圖書館均被炸毀。商務印書館承印的中國近現代大型文學期刊《小說月報》因此終刊，老舍的長篇小說《大明湖》也毀於炮火。「八・一三」後三日，開明書店及美成印刷廠被炸毀。在戰爭狀態下，有些出版社暫時停業，作應急準備，這是完全可能理解的。

其次，國民政府令上海各書局疏散或內遷，也是造成有些出版社暫時歇業的原因之一。據《上海出版志》介紹：「抗日戰爭爆發後，上海各書局奉命疏散或內遷。商務印書館在租界內租下臨時工房和棧房，把華界的印刷廠和存書、紙張搬來。1937 年 9 月 1 日，商務印書館宣告『所有日出新書及各種期刊、預定書籍等，一律暫停出版』。生活書店不顧形勢險惡，反而先後創辦《國民》週刊、《中華公論》月刊、《抗戰》三日刊、《戰時教育》半月刊和《集納》週報。1937 年 11 月，生活書店除《文學》月刊外，原有 8 種期刊隨總店遷漢口繼續出版。此時，上海還先後出版了《黑白叢書》、《戰時大眾知識叢書》、《世界知識叢刊》等多種叢書，近 100 種戰時讀物。商務、中華的總管理處遷香港，憑藉在香港的印刷廠印刷圖書，發行各地。」

不過，這些「刊物的主辦人」即使在停刊或休刊時，也未曾有過「文學無用論」的觀念，他們紛紛創辦各種戰時特刊，以文藝形式承擔起救亡宣傳的責任。

文學社、中流社、文季社、譯文社的主辦人於 8 月 25 日聯合編輯出版的《吶喊》，是文學性的；《宇宙風》、《逸經》、《西風》的主辦人於 8 月 30 日共同出版的《非常時期聯合旬刊》，也是文學性的；《光明》於 9 月 1 日出版的《光明戰時號外》週刊，還是文學性的；《世界知識》、《婦女生活》、《中華公論》、《國民週刊》於 9 月 1 日聯合出版的《戰時聯合旬刊》，其中也不無文學類的稿件。這些戰時特刊的出版時間都早於《七月》週刊。

退一步說，即使當年上海出版界有過「文學無用論」的偏向，也不曾成為主要的傾向。

且看茅盾「8 月 16 日夜於隆隆炮聲中」為《吶喊》創刊號寫的「創刊獻詞」(《站上各自的崗位》)，其中有云：

> 大時代已經到了！民族解放的神聖的戰爭要求每一個不願做亡

> 國奴的人貢獻他的力量。
>
> 在這時候，需要熱血，但也需要沉著。在必要的時候，人人要有拿起槍的決心，但在尚未至此必要時，人人應當從容不慌不迫，站在各自的崗位上，做他應做的而且能做的工作。
>
> 我們一向從事於文化工作，在民族總動員的今日，我們應做的事，也還是離不了文化，——不過和民族獨立自由的神聖戰爭緊緊地配合起來的文化工作我們的武器是一隻筆，我們用我們的筆，曾經畫過民族戰士的英姿，也曾經描下漢奸拉的醜臉譜，也曾經喊出了在日本帝國主義鐵蹄下的同胞的憤怒，也曾經申訴著四萬萬同胞保衛祖國的決心和急不可待的熱忱，而且，也曾經對日本軍閥壓迫下的日本勞苦大眾申說了他們所應該知道的事，寄與了兄弟般的同情。
>
> 這都是我們所曾經做的，我們今後仍將如此做。我們的能力有限，我們不敢說我們能夠做得好，但我們相信我們工作的方向沒有錯誤！
>
> 中華民族開始怒吼了！中華民族的每一個兒女趕快從容不迫地站上各自的崗位罷！

這篇文字是代表「文學社、中流社、文季社、譯文社」同人寫的，這四個社至少佔了上海文藝刊物的半壁江山。然而，從以上文字中，卻讀不出絲毫「文學無用論」的氣息。

二

胡風對《吶喊》(《烽火》)「觀念性」的評價也難稱準確。

《七月》週刊創刊時，《吶喊》已出版了3期。

第1期出版於8月25日，為「文學社、中流社、文季社、譯文社合編」。共發表文章10篇，社中同人茅盾、鄭振鐸、巴金、王統照、靳以、黎烈文、黃源7人作品8篇，邀請外稿2篇（胡風、蕭幹)。按文體分類，詩歌1篇（黎烈文)、速寫2篇（王統照、黃源)，雜感7篇（胡風等)。

第2期出版於8月29日，編輯者同上。共發表文章11篇，撰稿者與第1期基本相同。按文體分類，詩歌1篇（巴金)、小說1篇（黃源)、雜感4篇（鄭振鐸、余一、必時、茅盾)、速寫1篇（王統照)、短論4篇（蕭幹等)。

第 3 期出版於 9 月 5 日，刊名改為《烽火》，刊號另起，標為「文學社、中流社、文季社、譯文社聯合刊物，編輯人茅盾，發行人巴金」。共發表文章 8 篇，社中同人稿件 3 篇（王統照、巴金、茅盾），外稿增至 6 篇。按文體分類，詩歌 2 篇（王統照、蘆焚）、小說 1 篇（謝挺宇）、散文 2 篇（劉白羽、端木蕻良）、速寫 1 篇（周文）、雜感 2 篇（茅盾、巴金）。

胡風認為《吶喊》「陷入了一種觀念性的境地，內容比較空洞」，如果用以批評第 1 期「雜感」過多、「創作」過少，或許還說得過去。但，這仍不能說是對該期的公正評價。僅以巴金特約的兩篇外稿（胡風和蕭幹），略作分析如下：

胡風雜感的題目是《做正經事的機會》，文中引用了宛平城守將吉星文的話「人生難得有一次做正經事的機會，我們還會放棄麼」，由此生發議論，寫得慷慨激昂：「不要愛惜在奴隸境遇下的生命，也不要貪戀瓦上霜一樣的個人『事業』，更不要記住什麼狗屁『地位』，把一切後事交給幼小的我們底子弟，抓住這個千載一時的難得有的機會罷！當我們盡了我們底任務以後，我們底幼小的子弟們將感恩地生活在光明的世界裏面。那時候，他們底努力，他們底事業，將結成一個亙古未有的巨大的花環，安放在我們底墳頭上面，使中華大地上充溢著鮮豔的色澤和濃鬱的香氣。」雖然是政治表態，也不能說是「觀念性」的。

蕭幹雜感的題目是《不會扳槍的幹什麼好？》，文中記述了近幾天所親見的愛國青年救助難民的感人事蹟，也寫到救亡運動中出現的「不健全」現象。他寫道：「自從戰事爆發以來，全市糊了許多壁報，歪斜的字體說明寫作者的激性。然而這些壁報並不一定都是健全的。佛學書局貼著『念十聲南無觀士音菩薩』或國醫家防毒的草藥方就都近於用仙方抵抗血肉的襲擊。這是不中用的。然而每一張這樣的字條都能長久地吸引幾十個路人，其中，還有不少人趕著抄在手本裏。這種種方法可太有效也太危險了。為什麼我們不用正確、健康、靈驗的來替代呢？」他進而呼籲：「我們能做的太多了。即使拿筆，也不再是『做文章』了。」這是從現實生活中生發出來的感觸，沒有半點「觀念性」的意味。

《吶喊》第 2 期的變化不顯著。但從第 3 期開始，「短論」明顯見少、「創作」增多，同人稿件減少，外來稿件增多，文學特色也顯現了出來。其中，劉白羽回憶離開故鄉通縣奔赴抗戰前線的散文《家鄉》至為感人，端木蕻良回憶戰爭陰影籠罩下的山東的散文《青島之夜》令人如臨其境，周文的描寫成都救亡運動的速寫《說和做》開掘極深。這些作品，顯然不能以「觀念性」以蔽之。

《七月》週刊創刊於 9 月 11 日，比《吶喊》創刊號晚出 17 天，比《吶喊》第 3 期（即《烽火》創刊號）晚出 6 天。該期共發表文章 11 篇，社中同人胡風、曹白、端木蕻良、蕭紅、蕭軍、艾青 6 人作品 7 篇，外稿（劉白羽、老沙、胡愈之、麗尼）4 篇。按文體分類，詩歌 3 篇（胡風、艾青）、速寫 6 篇（曹白、端木蕻良、蕭紅、蕭軍、劉白羽、老沙），雜感 2 篇（胡愈之、麗尼）。

可以見出，《七月》週刊創刊號用稿情況與《吶喊》創刊號類似，都以社中同人為主；文體與《吶喊》第 3 期類似，都以詩歌、散文、速寫、雜感為主；刊物容量也相同，都是「用一張報紙折疊成的十六開本」〔註 4〕。值得注意的是，這兩個刊物的作者還存在著交叉的情況，胡風曾為《吶喊》撰稿，端木蕻良和劉白羽則同時為這兩個刊物供稿。

從以上比較中似乎可以作出初步的結論：《七月》週刊是繼《吶喊》後出現的又一個救亡文藝刊物，且在許多方面仿傚了《吶喊》。簡言之，兩刊有著很多的相同點，同大於異。

三

胡風曾對其主編的《七月》週刊有過自我評價，他寫道：

> （《七月》週刊）內容完全集中在抗日鬥爭和抗日戰爭這一點上。當然，希望是和群眾的生活結合在一起的鬥爭和戰爭的反映，如曹白、柏山、蕭軍、蕭紅、胡蘭畦等的散文。希望是從這個鬥爭，這個戰爭觸發起來的感情表現，如艾青和我的詩，如李樺、力群等人的木刻。……我們的抗戰和國際反法西斯戰線是互相聯繫的，如對中蘇互不侵犯條約的歡呼，關於國際作家大會的報導，就是這個歷史大潮的反映。至於抗議日本政府迫害致力於中日民間文化交流的進步作家，那意義就更直接了。〔註 5〕

實際上，胡風提到的《七月》週刊的特點，《吶喊》也無不具有。

「完全集中在抗日鬥爭和抗日戰爭這一點上」，既是《七月》的特點，也是《吶喊》的內容要求。茅盾為創刊號所作的《本刊啟事》寫得分明：「滬戰

〔註 4〕《胡風全集》第 7 卷第 216 頁。
〔註 5〕《胡風全集》第 7 卷第 351～253 頁。

發生，文學、文叢、中流、譯文等四刊物暫時不能出版，四社同人當此非常時期，思竭棉薄，為我前方忠勇之將士，後方義憤之民眾，奮其禿筆，吶喊助威，爰集群力，合組此小小刊物。倘蒙各方同仁，惠以文稿及木刻漫畫，無任歡迎。但本刊排印紙張等經費皆同人自籌，編輯寫稿，咸盡義務。對於外來投稿，除贈本刊外，概不致酬，尚祈原鑒。吶喊週報同人啟。」通觀《吶喊》(《烽火》) 前 14 期（上海時期）內容，無一不與抗戰有關。

「和群眾的生活結合在一起的鬥爭和戰爭的反映」(散文、報告和速寫)，《七月》上有「曹白、柏山、蕭軍、蕭紅、胡蘭畦等的散文」，《吶喊》前 3 期上有靳以、劉白羽、端木蕻良等的散文及王統照、黃源、周文的速寫，後幾期（上海時期）又有田間、孫鈿的散文，駱濱基、周文、余荼、周文、待晴、慧珠（蕭珊)、茅盾、鄂鷚等的報告，黃源、黎烈文、蔡儀亭、駱濱基等的速寫。

從「戰爭觸發起來的感情表現」(詩和木刻等)，《七月》上有艾青和胡風的詩，《吶喊》前 3 期上有郭源新（鄭振鐸)、巴金、王統照、蘆焚的詩，後幾期（上海時期）又有胡風、葉聖陶、夏蕾、艾蕪、靳以、健先、孫鈿、田間、鄒荻帆、蔡若虹等歌者加入了進來。至於「木刻」，《七月》發表過「李樺、力群等人的木刻」，而《吶喊》(《烽火》) 則發表過蔡若虹、陳煙橋、巫蓬、佚名、蔡若虹、力群等的多幅木刻和漫畫作品。

「和國際反法西斯戰線是互相聯繫的」，《七月》發表過通訊《炮火下的第二次國際作家大會》，《吶喊》刊載過《朝鮮民族革命黨告中國同胞書》和蕭幹的雜感《莫怪外國報紙》。至於「中日民間文化交流」方面的稿件，《七月》發表過胡風的《憶矢崎彈》，而《吶喊》(《烽火》) 發表過黃源的小說《俘虜》，巴金的信札《給山川均先生》和《給日本友人》等。

綜上所述，胡風的自我評價應該擴展到《吶喊》，不能專美《七月》週刊。

若要比較這兩個刊物對上海抗戰軍民的激勵作用，《吶喊》(《烽火》) 的影響當然更大也更持久一些。《七月》週刊只出了 3 期（9 月 25 日)，便隨著胡風撤往武漢；而《吶喊》(《烽火》) 則堅持出到了第 14 期（11 月 21 日)，那時日軍佔領上海已有十天。

除此之外，《吶喊》(《烽火》) 還有《七月》所不具的特點：她的作者群非常龐大，既有已成名的文化人，也有剛執筆寫作的青年；既有前左聯的成員，也有其他流派的作家；她的藝術度量也相當寬廣，既有現代形式的短篇小說，也有適應戰時形勢的報告和速寫，而且不排斥傳統的或民間的藝術形式（如舊體詩和歌謠）。可以說，她是一個初具文藝界統一戰線性質的群眾性的文藝刊物。

《七月》週刊則稍有不同，雖然她並不公開排斥外稿，但基本作者始終只是胡風和他的幾位左聯朋友，是個「半同人」刊物；她沒有刊載小說，也沒有採用傳統的或民間藝術形式的作品，詩歌和速寫居多。而且，她尚未從「兩個口號的論爭」及門派的歷史記憶中解脫出來，據胡風稱，他和朋友們都看不上《吶喊》，說是：「《吶喊》篇幅太小，而且，無論在人事關係上或它那種脫離生活實際的宣傳作風上，這些人也都是不願為它提起筆的。〔註6〕」出於這種心理，她也就沒有邀請過茅盾、巴金等人寫稿。

〔註6〕《胡風全集》第7卷第352頁。

《魯迅全集發刊緣起》的作者不是胡風〔註1〕

《魯迅全集發刊緣起》（以下簡稱為《緣起》），被收入《胡風全集》（湖北人民出版社 1999 年版）第 5 卷第 4 輯，全集的「整理輯注」者為梅志和曉風。

《胡風全集》第 5 卷「卷首語」稱：「本卷為『集外編』的第一卷，包括自目前所知作者於 1922 年發表的第一篇文章起至建國前的全部佚文……」按照編輯「佚文」的體例，該卷收入的文章都標注了發表時間、所載報刊和期數及所用筆名。《緣起》也不例外，編者注云：「本篇最初發表於 1938 年 6 月 6 日《七月》3 集 4 期，署名『魯迅先生紀念委員會』。〔註2〕」

輯注者認定該文是胡風的「佚文」，大概持有如下的依據：胡風是「魯迅先生紀念委員會」的成員；胡風參加過《魯迅全集》1938 年復社版的編輯工作；該文首載於《七月》。

這些依據是否有實證基礎，以下分述之。

一

胡風是「魯迅先生紀念委員會」成員，但不是「《魯迅全集》編委會」成員。

先說「是」——

1936 年 10 月 19 日魯迅逝世，馮雪峰與宋慶齡、胡愈之主持成立「魯迅

〔註1〕載 2007 年 11 月 2 日《上海社會科學報》。

〔註2〕《胡風全集》第 5 卷 359 頁。湖北人民出版社 1999 年版。

先生治喪委員會」，胡風為十三位委員之一〔註3〕。喪禮結束後，同年 11 月 1 日成立「魯迅先生紀念委員會籌備會」，據周偉麗《不渝的友誼——蔡元培在紀念魯迅的活動中》一文介紹：「為使魯迅紀念事業成為永恆，11 月 1 日，蔡元培召集魯迅家屬及茅盾等人在內的治喪委員會成員會議，決定組織『魯迅先生紀念委員會』，負責計劃及辦理紀念事業之捐款與意見。並推定蔡元培、宋慶齡、沈鈞儒、內山完造、茅盾、許景宋、周建人等七人為籌備委員，先行成立『魯迅先生紀念委員會籌備會』。第二天，籌備會成員舉行了第一次會議，通過了組織正式紀念委員會、布置魯迅墓地、募集資金、建立紀念事業等八項決議。茅盾在兩次會議中負責決議的起草工作，並將此決議以《魯迅紀念委員會籌備會公告》的形式在報上刊登。」

胡風未被推舉為「魯迅先生紀念委員會籌備會」委員，因而沒能出席籌委會的第一次會議。他在《關於魯迅喪事情況》一文中對此事有回憶，寫道：「紀念委員會——我也不記得是什麼時候，在怎樣的具體情況下決定的。如果有過治喪委員會的名義，這紀念委員會就可能是把那改名，或者以那為基礎調整的。我只記得在喪事的若干天（十來天？）後開了一次會，決定了籌備紀念基金的辦法和出版全集等。到會的人，只記得有蔡元培、沈鈞儒、內山完造、許廣平等。其餘的人，記不起了。……（筆者略）我只參加過那一次會，至於抗戰前期在上海是否開過會，我沒有聽說過。以後，只抗戰後期在重慶為了魯迅著作的出版和版稅事，在宋慶齡家開過一次少數人的小會。〔註4〕」

「魯迅先生紀念委員會成立大會」於 1937 年 7 月 17 日在上海華安大廈舉行，但未公布委員名單〔註5〕。當時胡風不在上海，他於「七七事變」後攜眷返鄉探親，7 月 22 日獨自返回上海，錯過了成立大會。但他仍應是「魯迅先生紀念委員會」委員，「抗戰後期在重慶為了魯迅著作的出版和版稅事，在宋慶齡家開過一次少數人的小會」即是佐證〔註6〕。

〔註3〕蕭軍：《魯迅先生逝世經過略記》第 1 頁，收《魯迅先生紀念集》，上海書店 1979 年複印。

〔註4〕《胡風全集》第 6 卷第 539～540 頁。

〔註5〕黃源：《後記》第 2 頁，《魯迅先生紀念集》。

〔註6〕胡風回憶：「（1943 年下半年的某一天）大家去孫夫人家開魯迅先生紀念委員會，有雪峰、曹靖華、沈鈞儒等，茅盾似乎沒有來。主要談我們收到的魯迅著作版稅款怎樣交給許廣平以及在重慶繼續出版魯迅著作的問題。版稅已託了沈鈞儒保存。會後在孫夫人家午餐。出來後與雪峰一道去看徐冰，閒談了一些國內外形勢。」《胡風全集》第 7 卷第 597～598 頁。

再說「不是」——

許廣平在《〈魯迅全集〉編校後記》中寫到「全集編輯委員會」的緣起及全集編輯工作的有關情況，她寫道：「一九三七年春，臺靜農先生親臨憑弔，承於全集，粗加整理。並約同許壽裳先生商請蔡元培、馬裕藻、沈兼士、茅盾、周作人諸先生同意，任全集編輯委員。……（筆者略）不料『七七』蘆溝橋事起，一切計劃，俱告停頓。去秋先生週年逝世紀念會上，滬上文化界以全集出版事相督促。……（筆者略）幸胡愈之先生本其一向從事文化工作之熱忱，積極計劃全集出版事宜，經幾許困難，精具規模。〔註 7〕」

茅盾在回憶錄中也談到「編委會」的組成及全集編輯工作的有關情況：「魯迅逝世後，我們就與許廣平商量要出版一部最完全的《魯迅全集》，包括所有未刊印過的著述、日記、書簡、墨蹟等。當時組成了一個小型的編委會，有蔡元培、周作人、許壽裳、臺靜農、沈兼士等，我也在其中。並推許廣平總其成……（筆者略）到了魯迅逝世一週年時，出版全集的事才重新提起，並決定由『魯迅紀念委員會』來擔負編輯之責，但實際上編輯工作只有許廣平、鄭振鐸、王任叔等少數幾個人在做，因為其他許多人都離開了上海。〔註 8〕」

綜合許廣平和茅盾的回憶，「魯迅全集編輯委員會」商議和組成時間大約在 1936 年 11 月至 1937 年春之間，委員為蔡元培、許壽裳、臺靜農、馬裕藻、沈兼士、茅盾、周作人等七人，均為魯迅的老友及學界有資望者。《魯迅全集》後期的編輯工作則是在復社的主持下，以「魯迅先生紀念委員會」的名義來進行的。

胡風未被列入「編委會」名單，這大概與其資望不夠有關；他沒能參與全集後期的編輯工作，因其早在 1937 年 9 月 25 日便離開上海去了內地。

二

然而，《胡風全集》輯注者之一的曉風卻認定胡風參加了《魯迅全集》1938 年復社版的編輯工作。

《胡風家書》中收錄了胡風 1937 年 8 月 6 日自上海寄梅志信，信中有如下一段：「到今天上午，才把全集的工作弄完，人算是輕鬆了許多。計算一下，從去年十一月起，九個月中間，我把五分之二的精力和時間花在了這件

〔註 7〕《許廣平憶魯迅》第 81～82 頁，廣東人民出版社 1979 年版。

〔註 8〕茅盾：《我走過的道路》（下），第 70 頁，人民文學出版社 1988 年版。

工作上面。」曉風注云：「全集，即《魯迅全集》。胡風被列為魯迅先生紀念委員會顧問，全力參加了《魯迅全集》和日文《大魯迅全集》的編纂和翻譯工作。〔註 9〕」這裡又出現了新的說法，不能不再作考辨。

其一，胡風家書中提到的「全集」指的並不是復社版《魯迅全集》，而是日文《大魯迅全集》。

復社版《魯迅全集》(20 卷) 於 1938 年 4 月開始排校，當年 8 月由胡愈之主持的「復社」出版。許廣平在《編校後記》中寫得很清楚：「歷時四月，動員百數十學者文人以及工友，為全集而揮筆，排校，以齊赴文化保衛的目的，我個人的感激，實無法形容。」胡風於 1937 年 9 月離滬，不可能參與編輯事務。日文《大魯迅全集》(7 卷) 於 1936 年 11 月開始編譯，至 1937 年 8 月由日本改造社陸續出版。胡風協助鹿地亙翻譯的是該全集的雜文部分，在其回憶錄中有詳細記述。

其二，胡風並未「被列為魯迅先生紀念委員會顧問」，而是被日本改造社列為《大魯迅全集》的編輯「顧問」。

「魯迅先生紀念委員會」似未有「顧問」之設。籌備期間，蔡元培、宋慶齡、沈鈞儒、內山完造、茅盾、周建人等都只是「籌備委員」；籌委會函邀「各國各界與魯迅先生個人交誼及敬仰魯迅先生的知名人士」加入「紀念委員會」，蘇聯作家法捷耶夫、綏拉菲摩維支等欣然接受的也只是「委員」〔註 10〕；1938 年 5 月，許廣平請人轉託胡適為《魯迅全集》出版事說項，許壽裳建議增補胡適為紀念委員會「委員」。許廣平於 5 月 21 日致函胡適，寫道：「昨奉馬幼漁、許季茀兩先生函，知先生已允為『魯迅紀念委員會』委員，將來會務進行，得先生領導指引，俾收良效，盍勝感幸。〔註 11〕」上述諸人都只是「委員」，以胡風當年的資歷、名望和影響論，他甚少可能「被列為顧問」。

日文版《大魯迅全集》曾設過「顧問」。據胡風回憶錄：「日本改造社把出版魯迅雜文選集的計劃改為出版《大魯迅全集》了。請幾個人出面當顧問，其中有內山完造、伊藤春夫、許廣平和我。〔註 12〕」

胡風在魯迅忌辰三週年前夕曾撰文談及《魯迅全集》復社版，衷心讚揚許

〔註 9〕《胡風家書》第 19 頁，復旦大學出版社 2007 年 4 月版。
〔註 10〕鑒銘：《擬議中「魯迅紀念委員會」裏的兩名外國作家》。
〔註 11〕轉引自高信《胡適與〈魯迅全集〉》，載 2007 年 2 月 7 日《文匯報》。
〔註 12〕《胡風回憶錄》，《胡風全集》第 7 卷第 344 頁。

廣平及其友人的貢獻，但並未把自己放在其中。他在《斷章》（載《七月》4 集 3 期）中誠摯地寫道：「真實的紀念方法之一，是流佈先生自己的著作，因為那是能夠生火種的石，是能夠放光吐焰的火種。幸而有夫人景宋女士和一些友人的可尊敬的勞力，（魯迅）全集出版了。」

三

此外，《緣起》的首發刊物並不是胡風主編的《七月》，而是茅盾主編的《文藝陣地》。

《文藝陣地》第 1 卷第 3 期於 1938 年 5 月底出版〔註 13〕，比《七月》3 集 4 期早出版半個多月〔註 14〕。該期《文藝陣地》不僅刊發了署名「魯迅先生紀念委員會」的《緣起》，還刊發了未署名的《魯迅全集總目提要》，並在封底刊出整頁「預約」廣告，廣告標題為：

> 中華民族的火炬　《魯迅全集》　魯迅先生紀念委員會編印
> 全書五百萬字　分訂二十厚冊　三十年著作網羅無遺
> 文化界偉大成就　新文學最大寶庫　出版界空前巨業

廣告正文為：

> 魯迅先生對於現代中國發生怎樣重大的影響，是誰都知道的，他的作品是中華民族的大火炬，領導著我們向著光明的大道前進。只是他的著譯極多，未刊者固尚不少，已刊者亦不易搜羅完全，定價且甚高昂。魯迅先生紀念委員會為使人人均得讀到先生全部著作，特編印魯迅全集，以最低之定價，（每一巨冊預約價不及一元）呈獻於讀者。

並有「附啟」，全文如下：

> 本書另印紀念本。皮脊精裝，外加柚木書箱，每部售價一百元。由各地魯迅先生紀念委員會直接發行。地址：漢口全民週刊社；香港立報館茅盾先生；廣州烽火社巴金先生。

另刊有「總預約處」生活書店的「徵求預約」廣告，詳細說明「定價」、「預約價」及「預約截止時間」等事項。

〔註 13〕據茅盾《我走過的道路》（下）第 72 頁，該期《文藝陣地》的出版時間原定 5 月 16 日，延至 5 月底出版。

〔註 14〕據四川社科院編《抗戰文藝報刊篇目彙編》，該期《七月》半月刊出版時間為 1938 年 6 月 16 日。

主編茅盾在該期《文藝陣地》「編後記」中寫道:「本期因為有了特載——《魯迅全集的發刊緣起》及《總目提要》,所以編者在上期預告的文章又有了變動。《魯迅全集》之出世,大家盼望已久,現在總算有了日期了。」

《七月》3集4期在其後出版,只刊出了署名「魯迅先生紀念委員會」的《緣起》,未刊發《魯迅全集總目提要》,「預約」廣告見於該期「七月社明信片」,其文曰:「本期特載《魯迅全集發刊緣起》,這對於中國思想界、文藝界是一件大事,我們相信一定能夠得到讀者的廣大支持。全部共裝二十巨冊,平裝預約價連郵運費只十六元,詳細辦法請向各地生活書店索閱簡章。」很明顯,《七月》刊出的廣告是《文藝陣地》封底廣告頁的簡化。

兩刊都說是《緣起》是「特載」稿,這又有什麼來由呢?

茅盾回憶錄中曾談及《緣起》的來由,他寫道:「一九三八年四月中旬,我在香港收到許廣平從上海寄來的信……(筆者略)信中附了二份全集的《總目提要》和一封給蔡元培的信。……(筆者略)我在看到許廣平寄來的全集《總目提要》後,曾去信建議以『魯迅先生紀念委員會』名義寫一《全集發刊緣起》,與《全集總目提要》一起提前刊登在《文藝陣地》上,以擴大宣傳。很快許廣平把《發刊緣起》寄來了,我作了一些文字上的修訂,便登在五月底出版的《文藝陣地》第3期上。〔註15〕」

據有關資料,《魯迅全集總目提要》的作者是王任叔,《緣起》的作者是誰呢?大概無外乎全集的「總其成」者許廣平及「用力最多」者鄭振鐸、王任叔罷〔註16〕!

2007年8月30日

〔註15〕《我走過的道路》(下)第72頁。

〔註16〕許廣平在《編校後記》中說「以鄭振鐸、王任叔兩先生用力最多」。

胡風書信隱語考〔註1〕

1977年12月胡風在《簡述收穫》中寫道：「本來，在抗戰後期和戰後，和我有關的青年作者在通信中或口頭上就對個別左翼大作家發洩過不滿，我自己甚至對黨員作家也偶而發洩過。到了這時候在通信（「密信」）中就信口打諢了起來，用語和口吻竟達到了輕薄和惡劣的地步。〔註2〕」

筆者對已公開發表的胡風書信中若干用語（「隱語」）作了一點考證，鑒於私人書信的用語與公開發表的文章的措辭有一定區別，書信中的「打諢」容或達到了「輕薄和惡劣的地步」，但筆者並不以為這便是胡風當年對所論者、所論事的正式評價，在此預作說明。

「馬褂」

「馬褂」，首次出現在胡風1944年5月25日致舒蕪信中，他寫道：

> 「我預定二十九日下午進城。為這《希望》，至少當有一周的住罷。還有一些別的事，還有兩位從遠路來的穿馬褂的作家要談談云。」

該信被收入《胡風全集》第9卷，編者加注云：「『兩位從遠路來的穿馬褂的作家』指從延安來的劉白羽和何其芳。」

其實，「馬褂」應釋讀為「黃馬褂」，這樣才能更清楚地表述劉、何二位的延安「文藝特使」身份。

根據有關史料，1944年4月周恩來代表中共中央委派劉、何來重慶工作，他們除負有向國統區進步文化界宣講毛澤東《在延安文藝座談會上的講話》的

〔註1〕載《中國現代文學研究叢刊》2007年第6期。

〔註2〕《胡風全集》第6卷第653～654頁。

任務之外，劉白羽還參編《新華日報》副刊，何其芳則主要調查文化界的思想與活動情況。不久，劉任《新華日報》副刊部主編，何任中共四川省委委員、宣傳部副部長、重慶《新華日報》社副社長等職務。

劉、何二位於5月中旬抵達重慶，根據南方局的安排，他們首先拜訪了郭沫若，接著邀請胡風等知名人士座談。5月25日胡風接到邀請後，便給舒蕪寫了這封信。他的反應有點奇怪：還未見面，便派定他們為「穿（黃）馬褂的作家」，似乎已清楚對方的政治使命；還未開談，私下裏便流露不屑之意，似乎已有牴觸情緒。

他沒有馬上「進城」，拖了4天才動身，於是缺席了27日重慶文化界在郭沫若家中舉行的歡迎會。在這次會上，劉白羽和何其芳先後介紹了「延座講話」及「西北文運」情況，據陽翰笙當天日記，在座諸位「都聽得很興奮」〔註3〕。

胡風抵重慶後直接來到周公館，當晚何、劉二位特使與他談到深夜。幾天後，他以「中華文協研究部」的名義召集了一個歡迎會，請他們作報告。報告的內容與27日無異，然而據胡風回憶，這次卻「引起了反感」。他寫道：「會後梅林發牢騷說：『好快！他們已經改造好了，現在來改造我們了！』〔註4〕」還有，「馮雪峰氣憤地說：『他媽的！我們革命的時候他在哪裏？』〔註5〕」如果說，胡風這是在借他人酒杯澆自己心中塊壘，大致是不會說錯的。胡風1931年加入日共，何其芳和劉白羽都是1938年才加入中共，他的革命資歷比他們都「老」！

7月11日何、劉二位又來到重慶市郊的賴家橋，擬在文工會舉辦座談會，又邀請胡風參加。7月12日胡風在致舒蕪信中提到：

> 來此日期，頂好過了十六日。因兩位馬褂在此，豪紳們如迎欽差，我也只好奉陪鞠躬。還有，他們說是要和我細談，其實已談過了兩次，但還是要細談。好像要談出我的「私房話」，但又不指明，我又怎樣猜得著。

座談會於7月13日舉行，胡風也發了言。據陽翰笙當天日記，「彼此都談得很熱烈。」然而，胡風在回憶錄中寫道：他當時用「『環境和任務的區別』這一條說明了在國統區寫工農兵為工農兵的困難性」，把何、劉二位頂了回去，

〔註3〕《陽翰笙日記選》，四川文藝出版社1985年版。
〔註4〕《胡風全集》第7卷第615頁。
〔註5〕《胡風全集》第6卷第312頁。

「結果，鄉下的會不再開了，後來城裏的文工會或曾家岩也許為此開過會，也沒邀請我參加。〔註 6〕」至於這次兩位特使私下裏與他談了些什麼，則一字未提。

胡風對延安文藝特使的態度，被他的朋友聶紺弩看在眼裏。次年 4 月聶與胡風因其他事情鬧翻，作雜文《論申公豹》諷刺胡風，文中將胡風比擬為「申公豹」，而將何其芳比擬為「姜子牙」，嘲諷胡風「因為自己沒有得到『封神』的使命，心懷嫉妒」，便處處與「奉得了使命的姜子牙為難」〔註 7〕。錄此說以備考。

「胡四」

「胡四」，出自胡風 1944 年 10 月 9 日致舒蕪信，他寫道：

> 胡四們興了新花樣，要文化評論。要我每週一則，哪裏寫得出。託我問你要，我想，可以寫一點。

該信收入《胡風全集》第 9 卷，編者未為「胡四」加注。

通讀胡風書信卷，1945 年 10 月 17 日致舒蕪信中又一次提到了「胡四」，信中寫道：

> 《凝煉》、《逃集體》交南喬，問可否刊報紙，他看了說很好，交胡四，胡四把第一篇交四版，但過了這久，依然不見影子。我看不會登出來的。對那些爬上了小官地位的人，不能有什麼可希望的罷。

該信收入《胡風全集》時，編者僅注「南喬」為喬冠華，仍未為「胡四」加注。

從信中內容可知，此人與喬冠華關係密切，且與某報有關，該報「第四版」為文化版。當年，喬冠華曾參編重慶《新華日報》，該報「第四版」是「新華副刊」，胡繩曾主管過該版。莫非「胡四」就是指胡繩，而「胡四們」指的是中共《新華日報》同人麼？

讀新近面世的《舒蕪致胡風信》（載《新文學史料》2006 年第 3 期），在第 39 信（1945 年 10 月 29 日）中竟又看到「胡四」。該信是舒蕪對胡風上信的回覆，他寫道：

〔註 6〕《胡風全集》第 7 卷第 596 頁。
〔註 7〕《聶紺弩全集》第 1 卷第 255 頁。

回來後，忙忙亂亂，僅成一短論。不知可給胡四否？

舒蕪注云：「胡四：指胡繩，當時是《新華日報》編輯，他通過胡風約我為該報寫『文化短論』，我投稿也由胡風轉交。」

在舒蕪致胡風的第 89 信（1946 年 3 月 21 日）中還提到過「胡四」，他寫道：「輿論方面，想找胡四他們幫幫忙，但又不想找。」

舒蕪注云：「信函中顧忌郵政檢查，儘量不寫出敏感的人名報名，故以『胡四』作為胡繩的隱語代稱，以『胡四他們』作為《新華日報》的隱語代稱。」

「胡四」指胡繩，「胡四他們」指《新華日報》同人，就此可以確定了。

但，胡風使用「胡四」單稱時明顯帶有貶意，該隱語有何寓意，仍有待探討。

據查，當年曹禺的劇本《日出》正在重慶熱演，劇中有一位名叫「胡四」的人物，是那種在官們和交際花之間混飯吃的角色。胡風一向戲謔地稱政黨的文化領導者為「官們」，稱某些文化名人為「交際花」，在他看來，「新華副刊」主編的角色地位恰如「胡四」吧。

胡風對胡繩的憎惡大約始於 1944 年初。年前胡繩、陳家康、喬冠華等中共文化人（當年被合稱為「重慶才子」）對整風運動中出現的「以教條主義反對教條主義」的傾向有看法，在《新華日報》和《群眾》上發表了一些文章，有意共同推動一個「廣義的啟蒙運動」。不料，當年年底延安中宣部發現他們文章的傾向有問題，致電南方局批評他們「未認真研究宣傳毛澤東同志思想，而發表許多自作聰明錯誤百出的東西」，南方局於是進行內部整風，對他們進行了批評。據說，在這次內部整風中，胡繩主動作了檢討，而陳家康、喬冠華未作表示。

胡風非常惋惜這場「啟蒙運動」的夭折，對胡繩的主動檢討也很不理解。正巧，他觀看了曹禺的《日出》，心有所感，於是將「胡四」拈來加諸於胡繩，以示鄙夷之意。至於後來胡風的朋友們在書信中以「胡四們」指代《新華日報》同人，則更多地是出於「顧忌」郵政檢查的考慮了。

「官方」

「官方」，在胡風書信中共出現四次，三次見於致路翎信，一次見於致舒蕪信，全在 1945～1946 年間。

胡風在 1946 年 2 月 10 日致舒蕪的信中寫道：

對於官方，我想，也妥協不來。他們只就左右人士的說話中取平均數，這就難得說通了。但當然，敷衍總要敷衍的。

該信收入《胡風全集》第 9 卷，編者在注中引用了胡風 1977 年 12 月所作《簡述收穫》中的說明，胡風寫道：「我氣憤那些反對《論主觀》的人太怯懦，對問題對讀者不負責任，我懇請他們寫文章他們不肯寫，所以寫了刻薄話，把對黨員們的不滿也罵在內了。至於稱黨為『官方』，在當時的處境下正是重視黨的領導。〔註 8〕」

其實，通觀胡風書信，「官方」並不能籠統地說是「指黨」，而應指中共南方局文化組（也稱「文委」），更具體地說，應指南方局文化組中主管文藝的成員，如徐冰、馮乃超、陽翰笙、夏衍、胡繩等，即上信中所稱的複數的「他們」。有如下佐證——

胡風 1945 年 1 月 17 日致路翎的信中，也曾提到過「官方」，信中寫道：

書評，好的。應該這樣，也非這樣不可。但我在躊躇，至少第二期暫不能出現。我不願意說，不管他們口頭上的恭維，在文壇上，我們是絕對孤立的。到今天為止，官方保持著沉默。而近半年來，官方是以爭取巴、曹為最大的事。

信中談的是路翎等為《希望》第 2 期撰寫的「書評」，大概與批評巴金、曹禺的作品有關。當時，《希望》創刊號剛面世，《論主觀》惹出了不小的麻煩，文壇上議論蜂起，南方局文委還沒有正式表態。胡風根據種種跡象推斷決定，不宜在《希望》第 2 期上更多地樹敵。

胡風的預測是準確的，一個星期後，他接到文委讓他進城參加討論會的通知。會上，《論主觀》受到了嚴厲的批評。會後，胡風便通知路翎等重寫「書評」，批評的對象換成了嚴文井（《一個人的煩惱》）、碧野（《肥沃的土地》）、姚雪垠（《差半車麥秸》）及沙汀（《淘金記》）等。

胡風在同年 8 月 8 日和 12 月 17 日致路翎的信中還兩次提到「官方」，一次與籌辦某新雜誌有關，另一次與剛出版的路翎長篇小說有關。在後一封信中，胡風寫道：

書，反響有一些，是好的，但官方照理（例）不做聲。所以，除在印刷上幫過忙的喬君外，誰也不送。

「書」，指的是《財主底兒女們》（上部）；「喬君」，指的是喬冠華。胡風

〔註 8〕《胡風全集》第 9 卷第 523 頁。

對路翎的這部書評價甚高，他在「序」中寫道：「時間將會證明，《財主底兒女們》的出版是中國新文學史上一個重大的事件。」然而，南方局文委的成員卻似乎沒有同感，「照理不做聲」，這使得胡風非常失望。

當年，胡風對南方局文委的態度相當矛盾：既重視，渴望能得到鼓勵和讚揚；又輕視，不希望他們過多干涉。「照理不做聲」，他不滿；「他們總要來審定」，又認為是「多事」（見於胡風同年 11 月 17 日致舒蕪信）。

順便說一句，「胡風派」後期成員張中曉 1951 年 6 月 26 日致梅志信中也使用過這個隱語，他寫道：「這位雪葦是代表官方的呢？還是接近官方呢？還是熟悉官方的呢？」這裡的「官方」，也不能釋為「黨」，而應釋為當時的文壇主流派。

「跳加官」

「跳加官」，首見於胡風 1944 年 3 月 27 日致舒蕪信，他寫道：

> 我後天下鄉，但來月十三四又得來。這中間得擠出一篇八股文。人生短促，這不曉得是命運開的什麼玩笑。然而，只得『忍受』。要做商人，只得和對手一道嫖賭，要在這圈子裏站著不倒下，也就不得不奉陪一道跳加官！……即如這幾年的跳加官罷，實際上應該失陪，或者簡直跳它一個魔鬼之舞的，但卻一直混在蛆蟲裏面。

該信收入《胡風全集》第 9 卷，編者在注文中指出：「（「跳加官」）指的應是胡風為抗敵文協年會所寫的論文《文藝工作的發展及其努力方向》及為此文所面臨的與國民黨文化官張道藩們的鬥爭。」此說只能解釋「這一次」，而胡風信中說的是「這幾年」，顯然不足憑信。

胡風 1944 年 6 月 21 日致路翎信中也提到了「跳加官」，可與致舒蕪信互證：

> 這樣的雨天，我明天還得進城。就是為了跳那樣的加官。大概要住到二十六七罷。如這期間無便人帶進城或趕不及，那就看得慢一點也不要緊。看好了帶著來一次。橫豎已經給謀害了那麼久的日子。

編者為這段加注云：「端午節在抗戰期間被文藝界定為詩人節。1944 年端午節是陰曆的 6 月 25 日，胡風在重慶主持了詩人節紀念會。」

由此可見，胡風信中所說的「跳加官」確是指「參加當時進步文藝界的活動」；更準確地說，指的是他為這些活動所承擔的「主持人」的角色。

「跳加官」本無貶義，指的是民間戲曲表演中不可或缺的開場節目。據馬書田《華夏諸神》一書介紹，節目正式上演之前，「表演者身穿大紅袍，面戴『加官臉』——種作笑容樣的假面具，手持朝笏，走上戲臺，繞場三周，笑而不言——不唱也不說。再進場後，抱一小兒（道具）出來，繞場三周，退場。最後出場，笑容滿面，邊跳邊向觀眾展示手中所持紅色條幅，上寫有『加官進祿』之類的頌詞，在繞場三周後，退場。」

在現代群體活動中，「主持人」也都是第一個出場的，而且通常先要說一些場面上的客氣話。從這個角度來看，「主持人」與「跳加官」的角色身份頗有幾分相似。

抗戰時期，胡風長期擔任中華文協研究部部長職務，經常為各種會議或活動擔任「主持人」。根據有關資料，他對這個社會工作一向是非常熱心的。然而，1944 年 3～6 月間，他卻把這項工作調侃地稱為「跳加官」，明顯地帶有抱怨、厭煩之意。這又是為什麼呢？

原來，年前喬冠華、陳家康、胡繩等幾位中共文化人（重慶才子）發現「整風運動」中出現了「以教條主義反對教條主義」的現象，於是撰寫了幾篇文章以糾偏。胡風對此非常讚賞，甚至期望以此為契機，推動一個「廣義的啟蒙運動」。不料，當年年底延安中宣部致電南方局，對「重慶才子」們的文章提出批評，南方局隨即開展內部整風，喬、陳、胡均受到了衝擊。胡風對此不理解，情緒變得十分消沉，遂對社會活動產生厭倦心理。1944 年 5 月 25 日他在致舒蕪的信中描繪了當時的心態，寫道：

> 前一信早幾天想回的，但因為心緒有些陰暗，擱下了。這陰暗，我也不想去分析它了，總之好像置身在大家無端得意忘形地歡樂，但自己感受的正是相反，因而不但落莫（寞）不歡，反被當作異端仇視的那一種處境下的心緒。總之，好像和世界離開了。

正是在這種心態的支配下，他對「主持人」的角色嘖有煩言，一度不願意再把時間耗費在這些場面上（「跳加官」），而期望能有機會說出自己想說的話來（「魔鬼之舞」）。

不久，胡風便找到了說話的機會。《希望》創刊號於 1944 年 6 月組稿，1945 年初出版，他在這一期上推出了自己的《置身在為民主的鬥爭裏面》和舒蕪的《論主觀》，公開地為在黨內受到批評的「重慶才子」們叫屈。這齣「魔鬼之舞」，後來被茅盾批評為「賣野人頭」。

「抬頭的」和「抬腳的」

「抬頭的」和「抬腳的」，見於胡風 1945 年 1 月 28 日致舒蕪信，信中寫道：

> 二十五日進城……當天下車後即參加一個幾個人的談話會的後半會。抬頭的市儈首先向《主觀》開炮，說作者是賣野人頭，抬腳的作家接上，胡說幾句，蔡某想接上，但語不成聲而止。也有辯解的人，但也不過用心是好的，但論點甚危險之類。最後我還了幾悶棍，但抬頭的已走，只由抬腳的獨受而已。

該信收入《胡風全集》第 9 卷，編者注釋云：「抬頭的市儈」指茅盾，「抬腳的作家」指葉以群。然而，何以為此，未作解釋。

胡風信中提到的「談話會」，指的是中共南方局文化組（又稱「文委」）為討論舒蕪的論文《論主觀》而專門召集的一個內部會議。《論主觀》載於年初出版的《希望》創刊號，主旨是反對政治權威壓制獨立的思想探索，要求個性解放。主編胡風在「編後記」中大力推薦，稱該文提出了「一個使中華民族求新生的鬥爭會受到影響的問題」。然而，南方局文化組卻認為《論主觀》有悖於用毛澤東思想統一全黨意志的整風宗旨，必須進行整肅。在討論會上，茅盾等對《論主觀》提出了尖銳的批評，胡風極為不滿，於是在信中發牢騷，對茅盾、葉以群等進行譏諷。

讀新近面世的《舒蕪致胡風信》（載《新文學史料》2006 年第 3 期），在第 58 信（1945 年 2 月 27 日）中又看到了「抬頭的」。信中云：「見報載《青年文藝》目錄，有抬頭的作家的什麼《對於文壇風氣的看法》，不知是什麼？」

舒蕪加注云：「抬頭的作家：指茅盾。1943 年 12 月至 1944 年 9 月，茅盾與葉以群等主辦的自強出版社合作，推出了一套《新綠叢輯》，專門扶植『無名的』青年作家。『叢輯』共出了三輯：第一輯是穗青的《脫韁的馬》，第二輯是錢玉如的《遙遠的愛》，第三輯是王維鎬的《沒有結局的故事》和韓罕明的《小城風月》。每輯前都有茅盾寫的序，後有葉以群等人寫的讀後感。我們嘲笑這是茅盾抬頭、葉以群抬腳，硬把一些並不成熟的青年作家抬上文壇。」

原來，「抬頭的」和「抬腳的」是這個意思。

茅盾扶持過許多青年作家，其中「成熟的」或「並不成熟」的都有；胡風也扶持過許多青年作家，其中「成熟的」或「並不成熟」的也都有。胡風似不應以此來調侃茅盾。

再回到舒蕪的信上，他稱茅盾為「抬頭的作家」，而不像胡風那樣稱其為「抬頭的市儈」，為何？蓋因他不甚同意胡風對茅盾的評價罷。胡風謚茅盾為「市儈」，是嫌惡其「做了幾十年出版資本家代理人」（見胡風 1984 年 2 月 13 日致賈植芳信）。解放前胡風辦刊物時，吃過出版商的苦頭，後來略有資本，自己也開起出版社來了。舒蕪沒有這番經歷，也就體會不到胡風的心情。

「文壇大亨」

「文壇大亨」，出自胡風 1945 年 4 月 13 日致舒蕪信。信中寫道：

> 近幾月來，奔走城鄉之間，困頓不堪。連書店老爺都以為刊物犯了宗派主義（沒有廣約文壇大亨），託詞說四期起不能出了。你看，這是什麼世界。但一定要出下去，設法出下去。而且要出得更有光，更有力，用這來打他們的耳光子。五月初旬齊稿，望加緊。我這裡在奔走經濟。

該信被收入《胡風全集》第 9 卷，編者未對「文壇大亨」加注。

信中說的是《希望》（重慶版）的出版情況。該刊第 1 期出版於 1945 年 1 月，第 2 期出版於同年 5 月，第 3 期出版於同年 10 月，第 4 期出版於 1946 年 1 月。刊期間隔不一，最長為 5 個月，最短為 3 個月。可見，出版情況確實不能令人滿意。

當年，承辦《希望》出版業務的「五十年代出版社」是金長佑和梁純夫合作創辦的，胡風信中所說的「書店老闆」指的就是他們兩位。

金長佑是東北人，早年得張學良的資助就讀於日本早稻田大學，抗戰前編撰有《日本政府》一書，頗有影響，抗戰時期先後創辦多家出版社，是著名的愛國民主人士。梁純夫是廣東台山人，早年就讀中山大學時曾組織著名的世界語團體「踏綠社」，抗戰時期在重慶美國新聞處工作，著有《聯合國論》，是著名的國際問題專家。他們兩人都不是狹義的文藝界人士，似乎不會介入胡風與他人的「宗派」衝突。

據胡風回憶錄，《希望》創刊號出版後受到讀者的歡迎，各地銷售情況都不錯，「而金長佑卻遲疑著不肯再版，好像感到為難似的。」他認為這種做法「不是做買賣人的習慣」，馬上聯想到金長佑曾向他提出過要「約郭沫若和茅盾等寫稿」的往事，進而認為這是「宗派主義的謀害」。胡風還抱怨道：「從第二期起，他（指金長佑）就表現出對刊物的冷淡態度，遲遲不付印弄得脫了期。到編第三期時，他提出不願出下去了，同時把出版《財主的兒女們》的合約也毀了。」〔註 9〕

金長佑為何對《希望》雜誌「冷淡」，在此不論；「文壇大亨」指的是「郭沫若和茅盾」，這倒是確鑿無疑了。

其實，郭沫若和茅盾當年雖有名氣，但尚無能力控制出版界，更無能力改變出版商的「買賣人的習慣」，這是一方面；「在商言商」，不管金長佑與郭、茅的私交如何，也似乎不會把私人關係放在商業利益之上，這是另一方面。胡風疑心《希望》遭到了郭、茅、金的「宗派主義的謀害」，似缺少事實依據和情理依據。

順便說一句，胡風對茅盾的猜疑並非自此日始，抗戰初期也曾有過一次。當時胡風在武漢主編《七月》，頭幾期銷路還不錯，待到茅盾主編的《文藝陣地》問世後，生活書店立即把《七月》的承銷數由先前的「三千份改為三百份」，胡風曾為此大為惱火〔註 10〕。

胡風在 1945 年 6 月 26 日致舒蕪信中還使用過「大亨小亨」的隱語，指的是幾位對《論主觀》提出了批評或表示了不滿的人士，其範圍也不限於文藝界。

「春暖花開先生」

「春暖花開先生」，見於胡風 1945 年 6 月 13 日致路翎信，信中寫道：

> 信、稿都收到。能弄兩三則書評麼？或者把春暖花開先生追擊一下，賞給他一點分析。但這得追到什麼《半車》去，那是穿著客觀主義的投機主義，而且是從《八月的鄉村》偷來的。可惜找不到《八月的鄉村》。

該信收入《胡風全集》第 9 卷，編者注云：「『春暖花開先生』指姚雪垠，《春暖花開的時候》和《差半車麥秸》為他的代表作。」

姚雪垠是抗戰初期成名的作家，他的短篇小說《差半車麥秸》載於茅盾主編的《文藝陣地》，與張天翼的《華威先生》齊名。茅盾在《八月的感想》中

〔註 9〕《胡風全集》第 7 卷第 626 頁。
〔註 10〕《胡風全集》第 7 卷第 378 頁。

曾這樣贊道：「新的典型，已經在作家筆下出現……『差半車麥秸』正是肩負著這個時代的阿脫拉斯型的人民的雄姿。」抗戰中期，姚雪垠長篇小說《春暖花開的時候》曾在《讀書月報》連載，主編胡繩評價道：「（這）是《差半車麥秸》的作者姚雪垠先生的精心傑作，這一長篇刻畫出了在戰地工作的青年的各種典型，寫了他們如何在實踐中以不同的道路而成長發展，這是抗戰中青年生活與思想的完整的反映。」

胡風的審美觀念有別於茅盾、胡繩，抗戰初期他推崇的是朋友邱東平的《第七連》及《一個連長的戰鬥遭遇》，抗戰中期他推崇的則是朋友路翎的《飢餓的郭素娥》及《財主底兒女們》等作品。不過，他雖然對姚雪垠的作品持有另外的看法，卻從未撰文置評。

1944 年前後，胡風對抗戰文壇作出非常嚴重的估計，他在《置身在為民主的鬥爭裏面》一文裏寫道：「市場上充滿了色情的作品，怪誕的作品，有閒趣味的作品，奴才道德的作品。」1945 年初，胡風對抗戰文藝形勢的估計更加悲觀。他在論文集《在混亂裏面》的「序」中寫道：「戰鬥的東西被市儈的東西所淹沒，人民底要求被敵方底影響所淹沒，我把那叫做『混亂』。」他把造成這些狀況的原因歸咎於「主觀公式主義」和「客觀主義」的創作傾向，認為前者的代表人物是郭沫若，後者的代表人物是茅盾。他號召開展「真正的批評」，並提出「一定要使任何種類的，掛羊頭賣狗肉的作家們受傷，喊痛，以至當場出相」。

在此之前，胡風曾打算組織力量批判郭沫若、茅盾、巴金、曹禺等，但被中共南方局及時制止，於是他把鋒芒轉而指向與他們較為接近的一批知名作家，如嚴文井、碧野、臧克家、姚雪垠和沙汀等。在他看來，茅盾最欣賞的是姚雪垠，打擊的首選目標當然也就非姚莫屬。但他仍不肯親自撰文，而讓最信任的路翎來操刀。他在信中指示路翎，應從姚雪垠的成名作《差半車麥秸》入手，批判其「客觀主義的投機主義」，進而「追擊」其暢銷小說《春暖花開的時候》。

路翎得信後即動筆，寫成論文《市儈主義的路線》（署名「未民」，載《希望》第 3 期）。文中演繹了胡風指示的要點，批評《「差半車麥秸」》是「現象和印象的冷淡的羅列」，只是「因了文學界的姻緣」而得以發表；並妄指姚雪垠筆下的「差半車麥秸」抄襲了蕭軍《八月的鄉村》中的「小紅臉」，根據是「小紅臉」和「差半車麥秸」都「吸煙袋」，而且他們都「同樣的帶著農民的習慣，並且懷念土地，參加了游擊隊」。文末作出結論，稱：「這是穿著客觀主義外衣的機會主義。這是空虛的知識分子的做假和投機。」

「清明先生」

「清明先生」，見於胡風 1946 年 3 月 10 日致路翎信，信中寫道：

> 目前是低劣趣味和浮淺的政治興奮佔領了整個出版界和讀者，清明先生成了王者。看情形，一兩年間，情形要比內地還艱苦。但當然，明眼人和好讀者也還是有的。

該信收入《胡風全集》第 9 卷，編者注云：「『清明先生』指茅盾。」然而，何以為此，並未說明。其實，該隱語取意於茅盾年前創作並在重慶等地熱演的劇本《清明前後》。

胡風寫此信時已從重慶飛返上海，信中譏諷茅盾因《清明前後》稱霸文壇，並暗示他是造成上海文壇「低劣趣味和浮淺的政治興奮」傾向的始作俑者。

茅盾的《清明前後》創作於 1945 年。那年清明節前後，國統區發生了一件聳動輿論的「黃金舞弊案」，起因是「財政部」決定提高黃金價格，事先獲得消息的主管人員及官僚政客便乘機搶購以獲取暴利，案發後遭到輿論的譴責。國民黨政府為了平撫民憤，抓了幾個銀行小職員頂罪，而放過了真正的罪魁禍首。茅盾的《清明前後》便取材於這個真實的社會事件，但由於他過去從未寫過劇本，儘管得到了劇作家曹禺、吳祖光及名演員趙丹的指正，藝術方面仍有缺陷。

1945 年 9 月 26 日，中國藝術劇社正式公演《清明前後》，趙丹任導演，王為一、顧而已、秦怡、趙蘊如、孫堅白等為主要演員。該劇公演後得到社會各界人士的高度評價，卻受到國民黨反動當局的嫉恨。當年 11 月國民黨中央宣傳部發出密電，稱：「茅盾（即沈雁冰）所著之《清明前後》劇本，內容多係指責政府，暴露黑暗，而歸結於中國急需變革，以暗示煽惑人民之變亂，種種影射既極明顯，而誣衊又無所不至，請特加注意……倘遇該劇上演及劇本流行市上時，希即密飭部屬暗中設法制止，免流傳播毒為荷。」（轉引自李廣德《一代文豪：茅盾的一生》）

《清明前後》在政治上是成功的，在藝術上卻未臻完美。文藝界對該劇的評價不一，贊同者多基於延座講話的「文藝服務於政治」的觀念，批評者則多基於胡風提倡的「反公式主義」及「反客觀主義」的理念。鑒於這種情況，同年 11 月，周恩來指示《新華日報》召開了一個小型座談會，「C 君」（胡喬木）在發言中尖銳地指出：「有一些人正在用反公式主義掩蓋反政治主義，用反客觀主義掩蓋反理性主義，用反教條主義掩蓋反馬克思主義。」

「C 君」的批評明顯針對著胡風的文藝主張，不久便遭到了反批評。王戎（中國藝術劇社演員）撰文《從〈清明前後〉說起》，運用胡風的「主觀精神與客觀事物的結合」理論，批評《清明前後》是「標語口號公式主義的唯政治傾向的作品」；在遭到邵荃麟的反駁之後，又撰文《「主觀精神」和「政治傾向」》，運用胡風的「作家戰鬥意志的燃燒和情緒的飽滿」理論，批評「黨派性與階級性的政治傾向的理論」；翌年 2 月何其芳作《關於現實主義》，系統地批評王戎的觀點及胡風的理論，王戎不服，又寫了《一個文藝上的問題》。

何其芳的文章見於《新華日報》（1946 年 2 月 13 日）時，胡風尚在重慶。2 月 21 日何其芳登門徵求意見，胡風譏曰：「整個局勢是兵慌馬亂……怎樣有時間來做這樣不急之務呢？而且，就是擱下幾個月再談，未必文藝的『政治性』就睡覺了麼？〔註 11〕」2 月 25 日，胡風攜全家飛回上海，住定之後便給路翎寫了上面那封譏諷茅盾的信。

不久，王戎「復員」來到上海，他不理解胡風為何不參與這場論爭，撇下他孤身苦鬥，於是寫信給胡風責備他不該「沉默」。胡風於 1947 年 1 月 18 日覆信，解釋道：

> 至於我的「沉默」，引起了你那樣看法，那是很抱歉的。別人很急的問題我不急，因為，從我的處境上，有許多問題在等著，我有我的程序的。《清明前後》，劇本未看，演出未看完，但我把那加進了我的要做的工作程序裏面，怎能一下說出決定的意見呢？

1948 年 6 月，胡風起筆撰寫長篇論文《論現實主義的路》，只寫完了頭二節，原計劃還要「解剖幾隻大麻雀傑作」（其中包括茅盾的《清明前後》），可惜「沒有來得及寫」，便奉命撤住香港了。

「什麼派」

「什麼派」，見於胡風 1947 年 9 月 9 日致阿壟信，信中寫道：

> 現在是，無論在哪裏，無論是什麼東西，只要參有我們朋友的名字在內，人家就決不當作隨喜的頑皮看，事實上也確實不是頑皮

〔註 11〕胡風：《出西土記》，《胡風全集》第 4 卷第 121 頁。

的意義而已的。什麼派，今天，一方面成了一些人極大的威脅，另一方面，成了許多好感者的注意中心。兩方面都是神經尖銳的，我們非嚴肅地尊重戰略的要求不可，否則，現在蒙著什麼派的那個大的要求就不能取勝的。

該信收入《胡風全集》第9卷，編者未對「什麼派」加注。不過，根據信中內容推測，「什麼派」指的就是「胡風派」。

1946年前後，胡風發起了「整肅」文壇「主觀公式主義」、「客觀主義」創作傾向的運動，這就是信中所說的「戰略要求」或「大的要求」。在這場運動中，胡風的一些青年朋友「頑皮」為文，罵何其芳為「何其臭」，咒姚雪垠為「色情作家」；把沙汀的《困獸記》稱作「禽獸記」，認為其小說中的「陰暗」與作者的「性格特徵」有關；把臧克家的《感情的野馬》稱為「色情的瘦馬」，說是「真令人想起一個性慾衝動的堂吉訶德」；把陳白塵的《陞官圖》稱之為「是讓他自己，讓他的人物以及觀眾狂嫖一通的亂淫窟」，把劉盛亞的《夜霧》稱之為「手淫」，等等。自此，胡風的這些青年朋友便成為了文壇毀譽的中心。當年，雖然也有一些批評家對胡風的「整肅」進行過反擊，但他們並沒有公開叫出「胡風派」。

作家姚雪垠是公開點名批評「胡風派」的第一人。

1947年5月至8月，姚雪垠在劉以鬯的「懷正文化社」出版了《雪垠創作集》（短篇小說集《「差半車麥秸」》、長篇小說《長夜》、中篇小說集《牛全德與紅蘿蔔》和傳記文學《記盧鎔軒》）。他在《「差半車麥秸」》的「跋」中批評了「表面革命而血管裏帶有法西斯細菌的批評家及其黨徒」；在《長夜》的「後記」中點名批評了「一向目空一切」的「胡風派的朋友們」；在《牛全德與紅蘿蔔》的「跋」中更明確地批評了「胡風先生理論上的法西斯毒素和機械論色彩，以及他對中國民族文化的毫無所知，對人民生活的隔膜，他的剛愎的英雄主義和主觀主義」，並指出：「胡風先生所領導的作風影響極大，所以雖然和他結合一起的不過三二人，但因為影響大，在國內儼然成一個不可忽視的小宗派。」文末還有如下一段：

關於「胡風派」這個名詞，有朋友勸我不用，為的是免得別人說文壇上真有派別，其實胡風派的存在盡人皆知，用不著掩耳盜鈴。我們希望胡風派能放棄過去的狹隘作風，為整個的聯合戰線而努力。我提出「胡風派」這名詞，毫無惡意，我認為宗派主義是鞏固聯合戰線的一大障礙，不如揭穿了的好。兩年來，文壇上稍有成就的作家如沙汀，艾蕪，臧克家，SY 等，沒有不被胡風加以詆毀，全不顧現實條件，全不顧政治影響。青年本是熱情的，經胡風先生一鼓勵，一影響，就常常拋開原則，不顧事實，任意誣衊，以攻擊成名作家為快意。一般純潔的讀者見胡風派火氣很大，口吻很左，就誤認胡風派是左派的代表，於是風行草偃，一唱百和，形成了很壞的風氣。

此文一出，「胡風派」便成了文壇的流行語。

胡風上面這封信中所說的「什麼派」，就是為此而發的。不久，他便發現文壇出現了集體抵制「什麼派」的現象。當年 11 月 1 日他在致阿壟的信中指示其繼續與蔣天佐論戰，信末卻悲觀地寫道：「難的是沒有地方再敢發表這一派作者的文字。」信中的「這一派」，指的也是「胡風派」。

「成都流氓和企香」

「成都流氓和企香」，僅見於胡風 1947 年 9 月 16 日致阿壟信。他在這封信中無頭無尾地寫了這麼一句：

我覺得，對成都流氓和企香，未必是朱信所指的。

該信收入《胡風全集》第 9 卷，編者未加注。

信中的「朱」指的是作家朱聲（方然）。1946 年下半年，方然和阿壟曾在成都合編《呼吸》雜誌。此時方然困居安徽，而阿壟則在南京一帶飄泊。根據信中內容推斷，當是方然在寫給阿壟的一封信中提到了「成都流氓和企香」，阿壟將此信轉給胡風閱，胡風覆信表示不同意方然的說法。

「成都流氓和企香」，有兩種可能的釋讀角度：第一，它指的是一個人，「成都流氓」是定語，「和企香」是人名。第二，它指的是兩個人，「和」是連詞，「成都流氓」及「企香」分指兩人。

先從第一種釋讀角度入手。

查胡風著作，在《胡風全集》第 4 卷《出西土記》（原題為《離渝前 X 日記》，作於 1946 年 2 月）中找到了「企香」其人。二十一日記有云：

正在清理東西，企香來了。照例是一臉微笑，問了行期以後就提到他最近發的一篇長文章，要我說意見，說他自己有些地方不放心云。這真是一個老實人，整個局勢是兵慌馬亂，我自己的心情也是兵慌馬亂，怎樣有時間來做這樣不急之務呢？而且，就是擱下幾個月再談，未必文藝的「政治性」就睡覺了麼？

編者注云：「『企香』即何其芳（1912～1977）。詩人，文學評論家。」

按，文中提到的「他最近發的一篇長文章」，指的是何其芳的《關於現實主義》（載1946年2月13日《新華日報》），文中批評了胡風的「主觀戰鬥精神」。胡風對這篇文章非常不滿，後來曾撰文反擊。

「企香」既然指的是「其芳」，而「和」與「何」諧音，「成都流氓和企香」似乎可以釋讀為「成都流氓何其芳」了。

然而，此說還有疑點：其一，從上面的引文來看，1946 年初胡風對何其芳的印象還不錯（「老實人」），1947 年初何已返回延安，不可能與居住在安慶、南京的方然、阿壟打筆仗，他們沒有理由稱其為「流氓」；其二，何其芳老家在萬縣，不是成都人。

不過，方然、阿壟將何其芳誤識為成都人，對其表現出特別的憎惡，這種可能性也是存在的。

何其芳雖是四川萬縣人，卻與成都有著割不斷的聯繫。抗戰前期，他曾執教於成都十四中學，並與方敬、朱光潛、謝文柄等人合辦過《工作》期刊。抗戰初期，他曾創作過一首著名的詩歌《成都，讓我把你搖醒》，在當地有相當大的影響。1938 年 8 月，他與作家沙汀結伴奔赴延安，也是從成都啟程的。

方然於 1941～1945 年就讀於成都金陵大學，阿壟 1946 年從陸軍大學（校址在重慶郊區的「山洞」）畢業後在成都某軍校當教官。他們或許在當地聽到過關於「成都詩人何其芳」的一些傳說，由於對何其芳批評胡風文藝思想心存不滿，而在通信中以「成都流氓和企香」指代何其芳，並非沒有可能。

再從第二種釋讀角度入手。

如果「成都流氓和企香」指的是兩個人，「企香」既無疑問，需要釋讀的只是「成都流氓」了。

查閱方然領銜主編的《呼吸》雜誌，創刊號（1946 年 11 月）上載有一篇短文，題為《成都文化》，其中談到「流氓」。摘引如下：

> 首先，我們認為基於你的《釋「戰鬥要求」》，參以我們各人自己的經驗，現在已可斷定，成都文化就是：（一）虛偽誇浮的浪漫主義。（二）比上海灘上更惡劣的流氓，加上比上海灘上更低能的才子（S 語）。（三）野蠻而又假裝文明（L 語）。這種東西實在流毒無窮，禍國殃民。我們認為必須打擊，有組織的打擊。

其次，我們認為，最有效的打擊，是就在成都建立一個據點來發動，「犁庭掃穴」。

……知道是「PY 社」的一字不收，文好而知其生活不好的人，一字不收。表現「進步」而中庸虛偽的，一字不收。先從「堅壁」做起……

G 江津

這位「江津」的作者「G」君是誰呢？是舒蕪。抗戰後期，舒蕪在江津白沙鎮的國立女子師範學院國文系任副教授。這篇短文其實是他寫給方然的信。

參看《舒蕪致胡風信》（載《新文學史料》2006 年第 3 期），短文中的英文代號皆可考出。舒蕪 1946 年 7 月 11 日致胡風信中有如下一段，可為互證：

守梅（阿壟）來玩了五天，今早才走，情形已很好。我們談到許多問題，尤其集中於「成都文化」上。嗣興（路翎）曾說那是野蠻而又假扮文明，守梅說是比以前上海的更低能的才子加更惡劣的流氓，我說是虛偽浮誇的浪漫主義；總之，就是發源於成都的，以什麼「平原詩社」之流為代表，實在禍國殃民。因此，守梅想到成都，就在那裡建立一個小據點，打擊和突破。他說，可以找方然當「方面軍總司令」，他就近輔助，大家來策應。他並且建議推廣這個「方面軍總司令」的制度。我很同意。不知你以為如何？事實上又如何？這個，似乎很可以從長計議一番。

可以確定，《成都文化》一文中提到的「S」君指的是阿壟，「L」君指的是路翎，「PY 社」指的是「平原詩社」，「據點」指的是即將創刊的《呼吸》雜誌。「流氓」云云，也可以由此得到釋讀的線索了——

1946 年初，阿壟妻張瑞因感情糾葛自殺，據說與「平原詩社」成員杜谷有關。阿壟 1947 年 10 月 18 日致胡風的信中曾提到他，見如下：

在我，這兩年，最主要的是陷入了感情的池坑……開始，我只打算給你、寧、凡、繁四個人說……要你們瞭解瑞，以及明白那個流氓。其次，那時候岳母未死，我想流血，但是後來事情傳了開來……

信中的「瑞」指的是他的亡妻張瑞，「流氓」指的便是詩人杜谷。阿壟在信中透露了喪妻後曾欲「流血」報復的打算。

成都「平原詩社」創建於 1942 年，與重慶「詩墾地」齊名，同被文學史家視為「七月詩派」。杜谷是阿壟、方然的詩友，關係一度非常密切。杜谷的詩作曾載於胡風主編的《七月》雜誌，他的詩集《泥土的夢》也曾被胡風輯入《七月詩叢》第 1 輯，胡風且在廣告語中盛讚曰:「這樣的歌，只有深愛祖國的詩人，善良到像土地一樣善良的詩人，坦白到像土地一樣坦白的詩人才能夠唱出來。」可惜該詩集未能通過審查。

張瑞自殺後，阿壟的朋友們曾一度十分憎惡「成都詩人」杜谷。舒蕪曾在信中建議用「流氓」的手段來報復他，路翎則在話劇《雲雀》中塑造了王品群這個人物以影射他的「虛浮而偽善」，胡風在編輯《七月詩叢》第 2 輯時不再輯入他的詩。

然而，方然為何在信中將「成都流氓」和「企香」扯在一起說呢？杜谷與何其芳除了都是詩人、都曾客居成都之外，似乎並沒有什麼特殊關係。由於方然的相關書信已佚，此事已無從索解。

不管怎麼說，由阿壟家庭悲劇而譴責「平原詩社」，是遷怒；由「平原詩社」及於「成都文化」，還是遷怒；由「成都文化」而牽涉何其芳，仍是遷怒。

建國初期胡風工作問題上的波折
（未刊）

建國初期，胡風的工作安排問題長期沒能得到妥善的解決。1954 年他給中央上書，其初衷也是為解決這個問題。他在隨「萬言書」附上的《給黨中央的信》中清楚地寫道：

> 兩年多以來，我自己終於被一些同志正面地全面地當作了文藝發展的唯一的罪人或敵人，不但完全被剝掉了發言權，還完全被剝奪了勞動條件。這中間，我曾經盡能有的真誠作過努力，但一次一次都失敗了。雖然對於文藝實踐情況的擔憂和對於勞動的渴求總在咬嚼著我這個老工人的心，雖然一些同志甚至把從抗戰初起周總理對於我的領導關係和思想影響都否定了，但我沒有一次懷疑過黨中央對我是基本上信任的，沒有放棄過要依靠黨來解決問題的信心，一直相信鬥爭一定會展開，我的發言權和勞動條件一定會被恢復。……（筆者略）但由於我的問題是從客觀情況所產生的主要現象之一，完全不是個人問題的性質，我就只能直接向黨中央提出我的報告。

在胡風看來，他的工作安排問題後來超出了「個人問題」的範疇，發展成了與共和國「文藝發展」攸關的社會問題。

問題既提得這麼高，認真地進行一番考察應該是有必要的。考察的範圍似應包括：建國初期有關方面曾給他安排過什麼樣的工作，他自己又曾要求得到什麼樣的工作，他的工作安排緣何一再受阻，他的「發言權」和「勞動條件」

是怎樣及被誰「剝奪」的，等等。

筆者在敘述時，儘量採用歷史在場者留下的相關史料，尤其是他們的日記和書信。魯迅曾說過：「從作家的日記或尺牘上，往往能得到比看他的作品更其明晰的意見，也就是他自己的簡潔的注釋。」(《孔令境編〈當代文人尺牘鈔〉序》) 這樣，也許更加客觀。

第一次工作安排：《文藝報》主編（1949 年 4 月）

1949 年 4 月，第一次文代會籌委會給胡風安排的工作是《文藝報》主編。

該任命是由籌委會副主任茅盾在 4 月 15 日召開的文代會籌委會常委擴大會議上宣布的，當時還宣布了兩位副手的名單：茅盾和廠民（嚴辰）。

《文藝報》是即將成立的全國文聯的機關刊物，負有指導全國文藝工作的責任，其主編位置相當重要，絕不亞於抗戰時期胡風擔任過的中華全國文藝界抗敵協會（簡稱「中華文協」）的「理論研究部主任」。按常理說，給胡風安排這個位置是非常恰當的。

但胡風拒絕了，理由是：「開會之前沒有同志和我談過，這次會周揚同志又沒有參加，但突然由茅盾同志在會上提出的時候，連人事安排都已事先擬好了。由於我的消極情緒，由於這麼一個重要的工作卻是這樣被突然地提了出來，我感到了非常惶惑，不敢馬上接受。〔註 1〕」

這裡似乎有個對他不夠尊重的問題（「開會前沒有同志和我談過」），還有個主編的權責問題（「人事安排」不由主編確定）。但他沒有想過，《文藝報》並不是同人刊物，而是國家級的文藝理論刊物，其人事安排是由籌委會常委會討論決定的。胡風不是籌委會常委〔註 2〕，他「事先」當然不可能知道。順便提一句，當年「中華文協」組建班子，也沒有事先打招呼的前例，其機關刊物《抗戰文藝》的人事安排，也不是主編姚蓬子所能決定的。

這裡似乎還有個程序的問題，他認為應由周揚來宣布這個任命，而不是由茅盾。其實，這也沒有什麼道理。周揚和茅盾都是籌委會副主任（主任為郭沫若），地位平等，只是一在黨內，一在黨外，誰來宣布應該都是一樣的。

在胡風日記中看不到他對該「任命」的反應，當天日記僅寥寥數語：「下

〔註 1〕《胡風全集》第 6 卷第 109 頁。《胡風全集》湖北人民出版社 1999 年版，下不另注。

〔註 2〕第一次文代會籌委會常務委員為郭沫若、茅盾、周揚、葉聖陶、沙可夫、艾青、李廣田等七人。

午，到中國旅行社開『文協』籌委會，文件起草委員會，晚飯後續開『常委會』擴大會議。」在胡風家書中也看不到他對該「任命」的反應，僅在 5 月 24 日致友人田間（時在張家口）的信中有所涉及，他寫道：

我懂得你對於我的關心。但在我，這「歷史的隔膜」恐怕要永遠背下去的。這以前，我以為我的一點微弱的努力可以「聊勝於無」，而且還是別人所不屑做，不能做的。同時，十多年以前，對於今天的狀況就有了準備，那時就學過俄文，想專譯兒童讀物。可惜的是，事實的困難使我沒有成功。我滿腔幸福地迎接了今天，所以，對這「隔膜」我坦然得很，我有勇氣讓別人判定我過去無一是處。雖然到平快兩個月了，我一直不能摸出一條可走的路，但我很樂觀，這樣偉大的時代，隨處都會有可走之路的。我也並不是不想解除這個「隔膜」，但難的是沒有這個力氣。兩個月了，總覺得是在大潮邊晃來晃去。所以下了決心辭去了負責編輯《文藝報》這一類的不能「摸底」的工作。我多少懂得革命，更懂得自己的處境，所以只好不怕誤會，慢慢找出一條對人對己無愧的工作道路。這說起來是苦的，但也從來沒有想到過在個人處境上有「革命成功」的時候。從這裡你也許可以懂得：住不住北方並不是一個主要的問題。〔註 3〕

信中三處提到「隔膜」，指的都是 1936 年的「兩個口號論爭」（「十多年以前」）。從此信中，大致可以揣摸到他為何希望由周揚來宣布「任命」的原因了。他似乎認為只有周揚出面，方能顯示出有關方面有著打破這一「歷史的隔膜」的誠意。

有些研究者斷言，胡風拒絕出任《文藝報》主編是由於對茅盾起草的「國統區」報告有所不滿。實際上，這種判斷是沒有根據的。當時「文件起草委員會」剛開過「第一次會議」，報告尚未起草。

胡風雖然拒絕出任《文藝報》主編，但仍被指定為《文藝報》試刊期間的編輯部成員之一，也曾為該刊看稿〔註 4〕。文代會結束後出版了「紀念冊」，在《大會各處各委員會工作人員名單》的「文藝報編輯委員會編輯委員」一欄中，依次為：茅盾、胡風、廠民。而且，有關方面也並未把胡風拒任事看得十分嚴

〔註 3〕文中引用的胡風致友人信皆出自《胡風全集》第 9 卷，下不另注。

〔註 4〕胡風日記 1949 年 6 月 8 日載有：「茅盾送兩首詩稿來，代他看了。」文中引用胡風日記皆出自《胡風全集》第 10 卷，下不另注。

重，文代會結束後，胡風仍被推舉為全國文聯委員和全國文協常委。

順便說一句，茅盾牽頭起草的「國統區」報告（題為《在反動派壓迫下鬥爭和發展的革命文藝》），時間上限為 1937 年 7 月，並未上溯到「兩個口號的論爭」。

胡風因「歷史的隔膜」而拒絕出任《文藝報》主編，似乎有點失策。在其後的家書中，他曾多次有過後悔的表示，後面要說到。

第二次工作安排：文化部專門委員（1949 年 10 月）

1949 年 10 月，有關方面擬安排胡風為文化部專門委員。

該任命是由政務院文教委員會副秘書長兼人事處處長馮乃超在 10 月 23 日接待胡風時透露的。

胡風當天日記中有「到乃超處，約他有空談話」的記載。10 月 25 日的家書中也提到此事，寫道〔註 5〕：

> 前天乃超吐露，要我在文化部做什麼專門委員，長住在此，我是做不到的。談過以後再看罷，總得有一個月以上的勾留似的。

10 月 27 日文化部副部長周揚（部長為茅盾）到胡風住處拜訪，正式邀請他到文化部任職，並談到籌建「文藝學院」（即後來的「文學研究所」）的構想。

胡風當天日記中有「周揚來，談到文藝學院問題。贊成我到各處走走」的記載。10 月 28 日家書所述比較詳細，寫道：

> 昨天子周來談……留我，是要我在文化部下面掛個名，住在這裡。這等於把我擺在沙灘子上，替茅部長象徵一統，如此而已。前天，給父周去了一信，表示希望能見面之意。但我看，不見得約見的。面對面，他難於處理。如不能出去，又弄不好，那麼，也許不久我就回到破屋子裏來。……（筆者略）剛才父周叫人通知，下月初約談話。我不存什麼幻想，談得通一點算一點，不招反效果就是好的。恐怕我也很難替這條痛苦著的文藝戰線打開一條小縫來。

信中「子周」指周揚，「茅部長」指茅盾，「父周」指周恩來。

胡風又拒絕了這個工作安排〔註 6〕。儘管這次有關方面對他相當尊重，「事

〔註 5〕文中引用的「家書」皆出自《胡風家書》，復旦大學出版社 2007 年版，下不另注。

〔註 6〕丁玲也曾當面向胡風提出這個建議。胡風曾回憶道：「開國的時候，丁玲曾約我到北海公園吃茶，問我可不可以到文化部去，我當即一口推辭了。」《胡風全集》第 6 卷第 659 頁。

先」同他打過招呼，並由周揚出面來談。他沒有明確地陳述拒絕的理由，但內心卻是不願屈居於茅盾（時任文化部部長）之下，且認為那是個「投閒置散」的位子。為了得到高層的理解和支持，他於 10 月 27 日給周恩來去信，要求面談，但他並未把希望全部寄託在約見上。

11 月 3 日馮乃超應約前來與胡風談話。胡風當天日記中有簡略的記載：「（馮說）要提出問題幫助作家云。」這應該視為周恩來對其來信約談的答覆，他並不反對胡風撰文抉發「文藝戰線」存在的問題，且鼓勵他對作家進行理論指導。但胡風此時並沒有撰寫理論文章的欲望，因此也並不看重馮的提示。

11 月 8 日的家書中胡風再次談及這個工作安排，寫道：

> 好像子周想我在文聯或文協擔個名義，以示一統，也為他們掙場面。我並不是不願使他滿足，無奈這樣一來，等於使我躺在沙灘上，麻痹了我又對大局無益。這情形，非找父周徹底談一談不可。昨天雞尾酒會上見到，他說，我還沒有約你談話呢。可見他還記得要約見的。

周揚建議他以「文化部專門委員」身份在全國文聯或全國文協某機構中擔任一個具體職務，這種身兼多職的安排是當時的慣例。譬如茅盾，當年他便兼有文化部部長，中央人民政府委員會委員、中央人民政府政務院文化教育委員會副主任、全國文協主席、《人民文學》主編等多個職務，至於哪個是「名義」，哪個是「實職」，似乎並不重要。然而，胡風卻以為這是部門領導為了「掙場面」而耍的花頭，對此嗤之以鼻。

當然，認為上面有意將其「投閒置散」（「使我躺在沙灘上」），這個心理癥結也是非常牢固的。於是，更促使他急切地想實現與高層的直接對話。周恩來在酒會上的寒暄使他覺得高層並沒有忘記他，心中頗感安慰。

然而，等了一個月，周恩來未約見；等了兩個月，仍未約見；等到第三個月，舊曆新年將近，他有點不耐煩了。

1950 年 1 月 8 日他給胡喬木（時任中宣部常務副部長）去信。當天日記有「請他約（周恩來）談話」的記載。信中稱，他只能再在北京等 20 天，希望能早日促成約見。又等了一個星期，胡喬木未有回音。1 月 16 日他在家書中焦灼地寫道：「想臘月初十至十五能離此，過徐州幾天。如萬一不約見，不來理我，那我們就做化外之民罷。但據估計，是要來約的，而且在做著準備。」

第二天（1 月 17 日），胡喬木卻意外來訪，代周恩來答覆約見事。胡風當天日記有載：「胡喬木來談了一會。（說）周現在不能會談，但想談，等再來北京時。」對於周恩來不肯約談的原因，他在1月20日的家書中有猜測，寫道：

> 父周要一個月後才有時間（我去信說頂多二十天），請我先回上海下次再來。有幾個意義的，一是，他還得考慮考慮，我估計他感到棘手得很；一是，我指定時間，他當然「礙難接受」；一是，試探一下，看我願不願意等，即，肯不肯向他低頭。但我以為，第一原因是主要的。——我表示了：我要求見面都是不應該的。就是如此。討厭的是：回上海一兩個月又得奉命而來。

三點猜測中：第一點「棘手得很」，似乎低估了周恩來處理複雜事務的能力；第二點「礙難接受」，似乎低估了周恩來的涵養；第三點「（看）肯不肯向他低頭」，則為詮釋他與周的歷史及現實關係提供了新的線索。至於「我要求見面都是不應該的」云云，是他當時對胡喬木的回話，似乎有點負氣。

但胡風就這樣離去了。他於1950年2月3日離京，趕在春節前回上海與家人團聚。行前（2日）周揚趕來送行，仍表示「希望住在文聯，幫忙工作云」（胡風日記），他再一次予以回絕。

第三次工作安排：三中選一（1951年1月）

1951年1月，有關方面又給出三個工作崗位讓胡風挑選。

這次的工作安排是由胡喬木在1月1日接見時向胡風正式提出來的。

胡風當天日記有記載：「（晚）八時，胡喬木約去談話，到十二時。」1月3日家書中所述較詳，他寫道：

> 一日晚上，秘書約去談了三小時半。目的是，要我參加三個工作之一：《文藝報》、文學研究所、將成立的文藝出版社。這社，或由馮三花臉任主編云，可見不過要我做任何一處的屬員而已。已開始交鋒了。昨、今田間打了幾次電話約到文學研究所去喝酒，當是秘書叫他把情況告訴我的。秘書要我明瞭情況後決定。總之，看罷。詳情不寫了。——周也要約談的，云。

「秘書」指胡喬木，「馮三花」指馮雪峰，「周」指周恩來。

由此信可得知：一、新的工作安排是周恩來決定的，周打算在近期接見胡風。胡喬木的接見只是為周的約見「打前站」，傳達周的有關指示並聽取胡風意見；二、這三個工作都不是部門的一把手，當時《文藝報》和「文學研究所」

的負責人是丁玲（田間是文學所秘書長），正在籌組的人民文學出版社社長已內定為馮雪峰。胡風將在他們的領導下工作。

這封家書可糾正 1954 年胡風「萬言書」中相關敘述的模糊，其文中有如下一段：

> 一九五一年一月，胡喬木同志約我談話。……他向我提出了三個工作，人民文學出版社總編輯，《文藝報》負責，中央文學研究所教書，要我決定一個，並用書面答覆，而且提出了「共同生產，創造經驗」的工作原則。

個中模糊之處，似勿庸贅述〔註 7〕。

胡喬木此次約見胡風，除了建議「三中選一」的工作外，還談了兩點意見：

> （一）他（指胡喬木）說我不該把別人都看做異端；（二）黨對於一些同志並不是論功行賞，而是因為他們都戰鬥了過來，現在也都在戰鬥著。如果他同意我的看法，那別的同志全要反對他的。……〔註 8〕

胡喬木的這兩點意見都有針對性：第一點意見是就胡風的長篇政治抒情詩《時間開始了》而發的——胡風在詩中發了不少「牢騷」（蕭三語），對若干現象有「猛烈的射擊」（胡風語），對若干歷史人物有獨特的評價——批評他不該把別人都當作「異類」（1950 年 11 月 9 日家書），同時指責他是「貴族的革命家」〔註 9〕。但其要義是勸胡風與同時代人合作。第二點意見是答覆胡風對「一些同志」所任職務的質疑，胡喬木認為組織上充分考慮了各人的革命經歷，雖說不是「論功行賞」，但也沒有什麼不妥，不支持胡風的意見。但其要義當然是勸胡風虛心地接受他人的領導。

胡風雖不甘心做「屬員」，但這次他卻沒有明確拒絕，其原因在於：他寄期望於即將實現的與周恩來的直接對話。

兩天後（1 月 3 日），周恩來辦公室通知約見。胡風於晚八時應約走進中南海，然而，又失望了。他在當天日記寫道：「夜八時，應周總理之約到中南海，但他去拔牙，臨時改約。」1 月 8 日家書又寫道：

〔註 7〕馮雪峰 1951 年 3 月 6 日致王士菁信：「我沒有辦法，已經答應負責人民文學出版社社長兼總編輯的工作了。」可見，當時上面並沒有安排胡風任社長或總編輯的打算。《雪峰同志的信》，載《新文學史料》2003 年第 2 期。

〔註 8〕《胡風全集》第 6 卷第 117 頁。

〔註 9〕胡風 1950 年 1 月 18 日致路翎信。

> 父周，約見了，但臨時因拔牙改在第二天。但第二天未來約，又過了五六天了，慢慢磨罷。將和那些將相們先談談看，他是好像還不能拿定什麼態度見我似的。

又過了一周，仍然沒有「改約」的消息。他在 1 月 16 日的家書中寫道：

> 這三個多月，看來是起了幾次變化。初來時很客氣，好像是「自己人」似的。後來變冷了一些，再後來，又熱了一點，現在是，我覺得成了真正的「冷戰」了。秘書下了命令，三者選一，我還沒有回答他。和丁（指丁玲）談過兩次，第一次，她說想我編《文藝報》，第二次，變了口氣，供材料我寫文章云。即此可見一斑。父周，約見了，但又拖了下來。我簡直不知道他們心裏到底要我怎樣。

所謂「冷戰」，指的是雙方無法勾通的狀態。胡風不知「他們心裏到底要我怎樣」，「他們」也不知胡風到底要什麼。其實，「他們」的態度已經很清楚，讓他「三者選一」，但「必須是在他人（周揚、丁玲、馮雪峰等『黨』的化身）的領導監督之下工作」〔註 10〕；他的態度呢？則是要求得到一個獨當一面的「能夠生效的工作」（1950 年 10 月 16 日家書），「如果用之得當，我當獻出一切，否則，只好做一個小民終身。」（1950 年 10 月 22 日家書）。雙方說不到一起去。

又快到過舊曆年了，是留在北京繼續等候周恩來的接見，還是回上海過年呢？他覺得有些犯難。起初，他決定留在北京。不久，又改變了主意，於 2 月 3 日離京，趕在春節前返回上海與家人團聚。

1951 年 4 月 22 日胡風重返北京，於 5 月 4 日給胡喬木去信，日記中有：「給胡喬木信，答覆他關於工作的意見。」5 月 6 日家書中也有記載：

> 我昨天送出了信，說工作聽從分配。但附了意見：一、走走寫點什麼，二、回華東弄刊物，三、到三野。但只是作為參考，主要的是聽分配。看如何罷？

這封家書也可彌補其回憶的不足，1954 年的「萬言書」中曾提到 5 月 4 日給胡喬木的這封信，寫道：

> （我用）書面回答了胡喬木同志。從接受工作的角度上對這三個工作說了一點看法，實際上是希望能面談一下，把我的具體意見提供他參考，如果同志們能就全面情況研究一下，當然最好，否則，

〔註 10〕陳思和：《胡風家書・序》。

無論做哪一個工作，也想領導上說明看法和企圖，我也把意見先說清楚。最後申明了願意聽從分配。這裡面也還含有從我所估計的困難情況復活了的消極情緒。胡喬木同志沒有回答我。後來幾處傳說給我一個工作我都拒絕了；這是和事實不符的。

不管怎麼說，他仍「希望能面談」，還是沒有給胡喬木以明確的「答覆」。

胡喬木的態度很堅決，他無意再與胡風「面談」，既然對方提出了想「走走寫點什麼」，便讓他隨團去四川參加土改。胡風 5 月 22 日日記中於是有這樣的記載：「得胡喬木電話，約到西南參加土改。」

胡風參加完土改（5 月～9 月）返回北京後，又寫信（10 月 5 日）請求胡喬木面談「工作問題」。胡喬木覆信（10 月 18 日），拒絕接見，讓他去找邵荃麟（時任中宣部副秘書長）面談。

胡風拖了近一年，始終不能對「三中選一」作出明確表態。究其原因，「寧為雞首，不作牛後」的心理，應是主導因素〔註 11〕；還有，華東局方面正在考慮給他以獨當一面的工作機會，這是另一個重要因素。

第四次工作安排：華東文聯主席（1951 年 4 月）

1951 年 4 月，華東局文藝處曾提議胡風出任華東文聯主席。

這次的工作安排是由華東局宣傳部文藝處處長雪葦向上級有關部門建議的，並在第一時間向胡風作過暗示。

胡風再次赴京前（19 日），黃源（時任華東局宣傳部文藝處副處長）設宴送行，同席者有徐平羽（時任上海市政府秘書長）。次日（20 日）雪葦（時任華東局宣傳部文藝處處長）夫婦也來送行，胡風設家宴款待。黃、徐、雪都是他的老朋友，送行本不足怪，但席間的談話顯得有點反常，引起了他的思考。

4 月 22 日胡風抵京，在當天的家書中寫道：

在路上想了一想，徐、雪都向我問到巴金，很有深意，但當時沒有覺得。見到他們時，如他們問及，或有機會，你可以說一說實情。一、巴金是尊敬我的，超乎一般人之上。我們一直保持著友誼。二、我的文章巴必讀：而且總是說好的。三、何（指何其芳）對我的「批評」，巴是很不滿的，雖然何和巴關係很深。四、這兩年，我的情形似乎使巴有「前車之鑒」，所以更世故了。五、據你觀察，在

〔註 11〕胡風 1951 年 10 月 9 日家書：「我不讓他們把我塞到冷廟裏去。」

某一程度上，我是能給巴影響的。……總之，用你自己的意思說，要自然。

我想，有雪在，就在華東工作一二年也好，我想是可以作出成績的。現在沒有人，可能想到我和巴的。那麼，要先給他們我能影響巴的信心。當然，主要地還要看北京肯不肯。我想，能談話時，我會暗示這個工作的。如能做到，刊物、劇團、創作組就都能夠做得到了。想來想去，不有工作機會是很困難的。

「徐」指徐平羽，「雪」指雪葦，「巴」指巴金（時任上海市文聯副主席）。

第一段寫到對他們多次問及巴金「深意」的思考，詳述了他與巴金的歷史與現實關係。第二段是對「華東」文藝界擔綱人選的預測，他估計無非他倆之一。他囑咐梅志從側面給徐平羽、雪葦施加影響，給他們以他能與巴金合作、巴金也信服他的印象。只是，他擔心北京不會給他這個獨當一面的機會。「能談話時」一句，說的是打算在面見周恩來時作些「暗示」。

他的推測大致無誤，當時華東局宣傳部確實正在考慮「華東文聯」的擔綱人選。雪葦在回憶文章中談到此事，寫道：

（我）到華東局宣傳部（部長舒同）任文化處長……在這之前，批《武訓傳》後，還有個籌組華東文聯的事應該一提。這也是我負責文化處時主辦的工作。在籌備工作做得差不多時，領導要我提華東文聯領導機構候選人名單，我曾先在口頭上提過初步考慮方案。我對舒主任（舒同）說，如果夏衍不調華東工作（當時他是中共上海市委宣傳部長，並據他說身兼 26 職），是否可考慮胡風做主席，巴金做副主席的候選人？舒要我去「和上海商量」，取得一致意見後彙報他再定。但不久他便告訴我，夏要來華東局任宣傳部副部長，胡風的工作由北京（中央）安排，華東文聯應安排夏做主席候選人。〔註 12〕

此事的始末說來似乎簡單，但給胡風的影響卻不能低估。至少從時間上來考察是如此，「華東文聯」領導人選從醞釀、提出、上報、批覆，至少持續了半年（從 1951 年 4 月到 11 月）之久〔註 13〕。這個時間段正好與「三中選一」

〔註 12〕雪葦：《我和胡風關係的始末》，載《新文學史料》1987 年第 4 期。

〔註 13〕胡風 1952 年 11 月 13 日／14 日家書：「有意拉我在華東，但現在已成過去了……」。

的時間段重迭，嚴重地干擾了胡風對胡喬木的建議「作出明確的答覆」。

5 月 4 日他在給胡喬木的信中所附「意見」之一是「回華東弄刊物」，其心理基礎之一便在於對「華東文聯」主席一職的希冀。

5 月 15 日他在家書中繼續談到此事，語氣變得不太確定，寫道：

> 和雪談了就算了。見到徐時，可不必談得那麼具體（特別是華東事）。其實，我提華東，也不過是表示我決無意占什麼地位。據我想，他們是早已想逼著我住北京的。我這樣表示，意思也不過是聽憑安排，我自己實在是沒有希求的罷了。

信中提到的「華東事」，指的就是「華東文聯」主席的遴選事。

5 月 29 日胡風赴四川參加土改，8 月下旬收到梅志信，當月 26 日覆信，又談到「華東文聯」主席遴選事。寫道：

> 回華東，巴正我副，那是不好辦的。要尊重他，又要自己負責，那怎樣做工作？不知道他們為什麼那樣看重「地位」？

此信中明確談到對「華東文聯」主席人選及對未來工作的意見。前面已引用過雪葦回憶，他只提到曾有「胡風正、巴金副」和「夏衍正、巴金副」這兩種人事安排，漏記了還有過「巴正胡副」的提議。胡風的態度非常明確：要麼當一把手，要麼不幹。信中對某方面「看重『地位』」的批評，指的是華東局出於「統戰」目的比較看重巴金的民主人士身份。其實，胡風也是統戰對象，只不過他自恃被周恩來劃在「左」的一邊〔註 14〕，不願承認罷了。

9 月初，胡風完成土改工作。9 月 9 日自重慶寄回家書，又寫道：

> 弄華東和寫作，實在是有矛盾的。但問題是，不開一個口子，就實在太困難了。但如果把巴金放在頭上當帽子，那也費力得很，倒不如被壓幾年，寫點什麼的為好。這些，也只有到了北京以後才能知道究竟的。

9 月 27 日胡風乘飛機抵達北京，當天的家書中又寫道：

> 現在曉得全國文聯十月中旬開會。雪葦回了上海否？我看，華東工作如不下決心，還要把巴金頂在頭上，浪費精力，那我還不如不做的好。

〔註 14〕胡風在「萬言書」中寫道：第一次文代會期間，「馮雪峰同志有一次說到：周總理審閱代表名單的時候，是把我的名字劃在『左』一類的，勸我放心。」《胡風全集》第 6 卷第 113 頁。

他的看法仍沒有改變：要麼當「華東文聯」的一把手，要麼當「化外之民」。是在體制內幹事業，還是在體制外求生存，這實際上是他臆想的兩難處境。他的這種情緒在10月5日寫給胡喬木的信中流露了出來，胡喬木當然很生氣，拒絕接見他，而讓他去與邵荃麟去「談工作問題」。

10月21日上午，胡風與邵荃麟面談，談話內容見於10月23日家書：

> 前天，和邵爺（指邵荃麟）談過了。當然說不上結果。看口氣，也曉得我是不去教書的。其餘的話，都屬於探聽口氣之類。看這些時會有怎樣的發展。也看父周和秘書會不會約見。我覺得他們也困難：不容易理解，也不容易轉圜，而且，還有所謂「威信」問題！——我們要作最壞的打算。我想，如果在上海近郊住下來，好好地過，也是很幸福的。

在他的一再請求下，胡喬木還是於11月6日接見了他，談話也不愉快。胡風在當天日記中有「胡喬木約去談話，約一小時」的記載，但他過了一周（11月14日）才給梅志去信詳述談話內容，似乎有點反常。他寫道：

> 六日晚十二時，秘書約去談話，約一小時。故意那麼晚約去，就是不想多談的意思。贊成做職業作家，並自動答應了解決房子，「不過不能怎樣滿意」，意即，不會有好房子。我說，一個單獨小院子就夠了。這是敷衍，問題當然沒有解決。他自動地說父周要約談，我說，好的，我等他約。……（筆者略）我是用抱著炸藥的心和他見面的。我下了決心：弄得不歡，我就埋頭五年十年，勞動下去，做苦工做下去。我和你要爭取長壽，看他們一撮當權者會打出什麼結果來。

此家書也可修正「萬言書」相關內容的失實，他曾寫道：

> 等到胡喬木同志約談話，我是抱著一定會好好談一談問題的感情去的，但他只簡單地問我要做工作還是要做作家，並且要我立刻回答。我想提出解釋他就用憤怒的態度打斷了我。這迫不及待的提法和態度使我的期待受到了打擊，因而衝動地產生了反撥情緒。我完全沒有考慮到，既然只是為了要解決我個人的工作問題，拖了那麼久他當然要焦躁的。〔註15〕

家書中寫的是「用抱著炸藥的心和他見面的」，這裡寫的卻是「抱著一定

〔註15〕《胡風全集》第6卷第118頁。

會好好談一談問題的感情去的」，反差何其巨大！胡喬木所要的只是明確的「三中選一」，而胡風卻在「弄華東和寫作」（體制內或體制外）之間猶豫著，所思所想又何其不同！

胡喬木此次約談還是為周恩來的接見「打前站」，胡風認為他的談話代表著周恩來的態度，他覺得受到了打擊，「由於顧忌，政協時候的熱情減弱了，英模大會來北京後的信心也動搖了。〔註 16〕」

於是，11 月 28 日家書中的語調便變得非常的悲觀。他寫道：

> 今天廿八日了，還不來約，大概半月內約見的話又不願兑現了。我想，他一定要儘量拖的。一是，見面談話困難，二是，現在在「學習」，大概想在學習中得到一點談話的把握，三是，也許還想等三花等回來，得到一點理解問題的材料，如所謂經驗等。所以，我覺得，現在不可能解決問題。如果這三五天還不約，就打算聲明一下（催一下），回上海了。將來再說。

信中的「他」指的是周恩來。

然而，出乎意料的是，12 月 2 日他終於等到了「政務院電話，周總理明天約見」。12 月 3 日「下午三時二十分到西花廳，三刻見面，談到吃了晚飯後八時三刻左右辭出。」（當天日記）談話時間長達五個小時。這是胡風苦等了兩年多（從 1949 年 10 月 27 日至 1951 年 12 月 3 日）的一次長談呀！談話的結果又如何呢？

當天晚上，胡風在家書中寫道：

> 剛才回來。三時三刻談起，吃了晚飯，快九點了才辭了出來。談了這久，態度和藹，不能不說是優厚了。結果不出所料：1. 要參加集體生活（工作），注意年輕人應該，但也要和同時代人合作，互相討論，糾正錯誤；2. 對黨要提出要求，要更好地發揮力量，云云。你想，能不表示接受麼？後來，我提了些看法上的意見，並表示，現在這一線存在有嚴重的問題，不是簡單可以打出出路的。他不表示可否。我把這一個暗示留給了他，不管他不斷地說什麼還有光明面。最後，他說談話要有一個結果，我當然表示了接受他的意見。不過，同時也提出了明年暑假才移家。他態度上覺得太遲了，但也沒有表示反對。

〔註 16〕《胡風全集》第 6 卷第 119 頁。

此信也可與「萬言書」中的所述互補，他在「上書」中復述的周恩來意見是：「同志們都說我『不合作』」及「勸我應該誠懇地說服別人」。這封家書中還提到了周曾勸他主動提出入黨的「要求」。

不管談話的具體內容如何，周恩來的態度是很明確的：「要有一個結果。」然而，胡風仍未對胡喬木建議的「三中選一」作出明確表態，也未敢請纓出任「華東文聯」主席〔註 17〕。

1952 年初友人彭柏山從部隊調到地方，出任華東軍政委員會文化部副部長（正部長為陳望道，未到任），胡風復萌「幫弄華東」〔註 18〕的念頭。當年下半年中宣部召開「胡風文藝思想討論會」，他的文藝思想被定性為「反現實主義」和「反毛主席文藝路線」，但他仍對「華東」懷有期冀〔註 19〕。當年年底，因彭柏山調任上海市委宣傳部長，他才對「華東」事徹底絕望。

1953 年初，華東文聯與上海文聯合署辦公（一個機構、兩塊牌子），主席仍為夏衍，副主席仍為巴金。

第五次工作安排：全國文協創作委員會（1953 年 2 月）

1953 年 2 月，中宣部建議安排胡風去全國文協創作創作委員會或《人民文學》編輯部任職。

這次的工作安排是在《關於批判胡風文藝思想經過情況的報告》（1953 年 2 月 15 日）中提出來的，其文曰：

> 關於胡風的工作問題，他本人希望作《文藝報》的編委，我們認為在他還沒有徹底認識和檢討自己的錯誤思想之前，不適宜擔任這種批評性的文藝刊物的編委。我們曾勸他下去生活，將來專門從事創作，或到大學教書，他都不願意，現在決定先到全國文協，將來再考慮適當工作（參加文協的創作委員會或《人民文學》的編輯工作），他本人同意，現正計劃把他的家從上海搬到北京來。

該報告是中宣部在「胡風文藝思想討論會」結束後向中央寫的彙報。「討論會」於年前召開，共舉行了 4 次會議（9 月 6 日、11 月 26 日、12 月 11 日和 12 月 16 日），確定了胡風文藝思想的「反現實主義」、「反毛澤東文藝思想」

〔註 17〕胡風 1951 年 4 月 22 日家書：「我想，能談話時，我會暗示這個工作的。」
〔註 18〕胡風 1952 年 3 月 17 日致路翎信：「柏山來後，想我幫弄華東，留在上海。」
〔註 19〕胡風 1952 年 11 月 11 日家書：「只有一個可能：暫時讓我在華東試行工作，過些時再考慮。我當然向上面要求來此工作的。」

的性質。周揚在最後一次會上明確宣布：「胡風這樣的文藝思想，脫離人民，脫離階級鬥爭，而還要來指導文藝運動；直接對抗無產階級的領導，而還要自命為無產階級的現實主義。這是最為危險的。」他並責成胡風寫出公開檢討，並說：「如果不能自我批評，或做得很不徹底，那就一定要有（公開）批評來幫助他。〔註 20〕」

然而，胡風卻以為自己在「討論會」期間已作過兩個檢討（「關於生活態度的檢討」和「阿 Q 供詞」），「『災難』，也這樣過去了」〔註 21〕，沒有必要再寫什麼「公開檢討」〔註 22〕；還認為：上面應該知足了，可以考慮重新為他安排工作了。

於是，他於 12 月 22 日再次請求周恩來約見，面談工作安排問題，但沒有得到回音。12 月 25 日他在家書中寫道：

> 前三天約了副座（指周恩來），但直到今天還無約見消息。也許忙，也許在「研究」，我這裡只好等了。……（筆者略）在他們，我這點事是不算什麼的。本來也不算什麼，打下去了就可以安心了。

周恩來既不來約，他便轉而去找林默涵（中宣部文藝處副處長）面談，未得明確的答覆。12 月 28 日他在家書中寫道：

> 等了幾天，昨天只得用電話催，下午林副來談了一下。我提出了請決定工作和移家的問題。奇怪的是，卻又有願我「下去」的口氣。但當然，工作也可以，但房子恐怕一時不見得有辦法。

12 月 29 日他又去找周揚面談，答覆仍是不確定。他在當天的家書中寫道：

> 剛才，到子周處坐了約二小時。倒完全是用友誼的口氣談話。除閒天外，是談的工作問題。參加一個劇院的工作啦，到中南弄一個藝術學院啦，參加「所」的工作啦，搞創作弄兒童文學啦，等等。看來，是要安一個什麼的，但只能是投閒置散的工作罷。我提到了《報》。這是虎穴，這樣提一提，表示從前沒有接受的歉意。但這些只算彼此表明態度，最後還得問佛底意見。他明說了要問他的意見

〔註 20〕舒蕪：《參加胡風文藝思想討論座談會日記抄》，載《新文學史料》2007 年第 2 期。

〔註 21〕胡風 1952 年 12 月 30 日家書。

〔註 22〕胡風 1952 年 11 月 17 日家書：「論理，應該可以滿足了，發表一下，收個場，也就滿光彩了。」

的。那麼，得等了。

信中「子周」指周揚，「《報》」指《文藝報》，「所」指中央文學研究所，「佛」指周恩來。

從以上兩封家書所述內容來看，中宣部報告中有關「他本人（要求）」的相關內容，都來自這兩次面談，並沒有進行曲解。

胡風始終把解決問題的希望寄予與周恩來的面談，殊不知周恩來等待的卻是他承諾的那份「公開檢討」〔註 23〕。至於工作安排，當然要視其檢討是否「徹底」而定。

一個半月後，胡風仍未交出「公開檢討」。於是，按照既定的方針，中宣部組織了對胡風文藝思想的公開批判。1953 年 1 月 30 日林默涵的批判文章《胡風的反馬克思主義的文藝思想》在《文藝報》第 2 號發表，次日為《人民日報》轉載。半個月後，何其芳的批判文章《現實主義的路，還是反現實主義的路？》載於《文藝報》第 3 號。同日（2 月 15 日）中宣部向中央呈報《關於批判胡風文藝思想經過情況的報告》，正式提出對胡風工作安排的新建議。

此後還有一個插曲。2 月 21 日林默涵登門找胡風面談「公開檢討」問題，希望他對上述兩篇批判文章「表示態度」，並說「寫一封簡單的信發表一下也好」，又被他拒絕〔註 24〕。

3 月 5 日，周恩來在中宣部報告上作出批示：

> 對胡風的方針和態度正確。已告中宣部應該堅持下去，繼續對他的思想作風和作品進行嚴正而深刻的公開批判，但仍給以工作，並督促其往前線、或工廠與農村中去求鍛鍊和體驗，以觀後效。

胡風為此非常不滿。他在 3 月 14 日／16 日的家書中寫道：

> 對佛爺，我已不存任何幻想了。事實上，是他被秘書所愚弄，憑意氣用事鬧到這個地步的。

「佛爺」指周恩來，「秘書」指胡喬木，「意氣用事」云云，多見於胡風此

〔註 23〕胡風在「萬言書」中寫到他在「討論會」最後一次會議上的表態：「我當時向同志們說明的主要點是：經過這一次，同志們坦白地說出了對我的意見，我感到愉快，但當然還要繼續檢查，作出結論，在工作上去認識並改正錯誤，請同志們相信我。」《胡風全集》第 6 卷第 132 頁。

〔註 24〕胡風 1953 年 2 月 23 日家書：「前天，林長（指林默涵）來談了一下。當然希望我寫，但無奈我無力做到。」

期家書，用以指周恩來對他的處理方式。

由於胡風的食言（不寫「公開檢討」），上面便取消了將其安排進全國文協「創作委員會」的打算。

3 月 24 日全國文協常務委員會召開第六次擴大會議，會議通過了《改組文協和加強領導文學創作的方案》（載《文藝報》1953 年第 7 號）。該「方案」包括 4 項決定：第一，在常務委員會下設立創作委員會，邵荃麟、沙汀為正副主任；第二，在常委會下設立刊物委員會，馮雪峰任主任；第三，在常務委員會下設立文學基金管理委員會；第四，計劃在年內召開全國會員代表大會，屆時將修改會章改組中國作協。會上通過茅盾、周揚等 21 人為全國文協代表大會籌委會委員，茅盾、丁玲為正副主任。上面沒有給胡風在「委員會」中安排職務，顯然認為他已不再適宜從事「幫助作家」的工作。

胡風出席了這次會議，但沒有被推舉進入任何一個「委員會」，他非常氣憤。3 月 25 日家書中寫道：「現在，整個文場，都抓在三花一批人手上。昨天開了會，拿出了名單，陣布好了。」

第六次工作安排：《人民文學》編委（1953 年 5 月）

1953 年 5 月，全國文協決定安排胡風任《人民文學》編委。

前文述及，周揚已於 1952 年 12 月 29 日徵求過胡風的意見。1953 年 5 月 12 日嚴文井正式通知了胡風。胡風當天日記有「嚴文井來談，要加入《人民文學》做編委事」的記載。

胡風沒有拒絕這次的工作安排。同年 6 月 8 日他自東北大賚致梅志信中寫道：

> 編委事，走前他們已經提出了。我當然「同意」。邵主，嚴副，就是這麼一個陣勢。看罷。

《人民文學》是全國文協的機關刊物，其地位與全國文聯的《文藝報》相當。編輯部於年初剛進行過調整，茅盾、丁玲任正、副主編（原副主編為艾青），艾青、何其芳、周立波、趙樹理為編輯委員。7 月又進行了改組，邵荃麟任主編，嚴文井任副主編，邵、嚴及何其芳、沙汀、張天翼、胡風、袁水拍、葛洛等 8 人為編委。《人民文學》編輯部的改組是全國文協改組工作的一部分，邵荃麟（時任中宣部副秘書長）調至全國文協任副主席和黨組書記，嚴文井（時任中宣部文藝處副處長）調任全國文協秘書長。全國文協改組全國作協的工作於當年 9～10 月在第二次文代會期間完成。

胡風於當年 7 月正式參加《人民文學》編輯部的工作，主要負責審讀小說散文方面的投稿，也曾向編輯部推薦過青年朋友們的作品。1954 年 5 月他在「萬言書」中對近一年來的工作進行了回顧，寫到編輯部工作對他「保密」，寫到自己工作中「不能不有很大的顧慮」，寫到與邵荃麟等領導的關係「不能從一般性的程度更進一步」，寫到愈來愈感覺到編輯部同人對他的「敵視態度」，等等。

他把這近一年在《人民文學》編輯部的工作簡要地概括為：

> 參加編委起，我覺得，最初兩三個月，邵荃麟、嚴文井同志對我有鼓勵之意，中間就躊躇著有顧忌了，這四五個月就避免和我發生聯繫。這兩三個月來，連編輯部也和我斷絕聯繫了。

實際上，1953 年至 1954 年上半年是建國後文藝領域氣氛較好的時期之一，國家從「急風暴雨」的階級鬥爭階段轉入「熱火朝天」的經濟建設時期，大氣候比較溫煦，各級文藝領導都大力鼓勵創作。這個時期也是「胡風派」創作的豐收期，其作品在胡風任編委的《人民文學》上佔據了相當大的份量，這是前幾年從來沒有過的現象。現將胡風自述與刊載情況比照如下：

> 「最初兩三個月」（1953 年 7 月至 9 月）——
>
> 胡風《肉體殘廢了，心沒有殘廢》（報告文學），載 1953 年 9 月號。
>
> 「這四五個月」（1953 年 10 月至 1954 年 2 月）——
>
> 路翎《記李家福同志》（報告文學），載 1953 年 10 月號。
>
> 胡風《睡了的村莊這樣說》（詩），載 1953 年 12 月號。
>
> 路翎《戰士的心》（散文），載 1953 年 12 月號。
>
> 路翎《初雪》（小說），載 1954 年 1 月號。
>
> 「這兩三個月」（1954 年 3 月至 5 月）——
>
> 路翎《窪地上的戰役》（小說），載 1954 年 3 月號。
>
> 綠原《北京的詩》（詩），載 1954 年 3 月號。

可以看出，胡風「萬言書」中的結論「參加《人民文學》編委，但已完全不能工作」，並不準確，但如果說不能心情舒暢地工作，應該是事實。

這是胡風在建國初期得到的第一份也是最後一份工作。

小結：胡風為何不能得到理想的工作

綜上所述，建國初期胡風曾有過六次工作安排的機會。前三次都被他拒絕，或因「歷史的隔膜」(《文藝報》主編)，或因不願被「投閒置散」(「文化部專門委員」)，或因不肯「做任何一處的屬員」(「三中選一」)；後三次則取決於上面，或因「不肯網開一面」(「華東文聯」主席)，或因要求他「公開檢討」而未得（全國文協「創作委員會」)，或因強行安置 (「《人民日報》編委」)。

對於前三次的拒絕工作，胡風有過自省。拒絕了《文藝報》主編之職後，他在 1949 年 9 月 17 日家書中寫道：「是的，我應該爭取（一個職位），為了工作，為了同道，這在我是一直痛感著的，但實際並不簡單，我自己的心情也有很沉重的東西，慢慢看罷。」拒絕了「文化部專門委員」之職後，他在 1950 年 10 月 16 日家書中寫道：「隱隱約約感覺到，也許有留我在此的企圖。但我看很難，因為不願給我一個能夠生效的工作。」拒絕了「三中選一」的工作後，他在 1952 年 8 月 6 日的家書中寫道：「我的錯誤是沒有考慮到要站住地位，這就讓人家堵死了路，悶死了生機。」

對於後幾次的工作安排，他則歸咎於周恩來和胡喬木。他在 1952 年 10 月 12 日家書中寫道：「事情很明顯了：今年見佛爺（指周恩來），起了反效果。因為我暗示了解放後這一線走錯了路，那使他不高興（是他領導的）。再就是那封信，向他自己控告了他的幹部。」

周恩來接見事發生在 1951 年 12 月 3 日（信中稱「今年」，誤），談到建國後文藝界的形勢時，胡與周產生了嚴重的分歧，他認為解放後文藝路線有錯誤，周卻認為光明面是主要的。在同年 12 月 12 日家書中，他為此對周有尖銳的批評，寫道：

> 有「光明面」，當然是如此。然而，恐怕他所說的「光明面」並不就是實際的「光明面」，反而是壓迫這「光明」的什麼東西。他（指周恩來，筆者注）有氣魄，他全心為黨，然而，幾年了，還留著強不知以為知的那一種好勝的癖氣。你想，以他的地位，稍有偏差，那結果就不難想像了。不過，事已如此，什麼也顧不得了。

他致周恩來的「控訴了他的幹部」的信寫於 1952 年 5 月 4 日，信中彙報了周揚（他們在上海的談話）及丁玲、馮雪峰（《文藝報》所載文章）對他的批評。周恩來於 7 月 27 日覆信，卻責令他就「二十年來」的「文藝思想和生活態度作一檢討」。

建國後胡風為何不能得到理想的工作？至此，答案似乎已現端倪。

胡風當年對阻力來處看得很清楚，他在 1952 年 12 月 6 日的家書中曾這樣寫道：

> 這（工作問題）完全操在佛爺（指周恩來）和軍師（指胡喬木）手上。要我工作，就不能不有鬥爭。這關乎兩點：（一）在「人事」上，信不信任我，那些「幹部」同不同意，（二）在所謂「理論」上，有不有理解，是否作過考慮，是否感到現在走到了死路。還有一個問題是：壓了許久，現在願不願給工作。P（指彭柏山）說他們在研究，所研究的不外乎此。我想，也許最後一點和第一點是關鍵，至於「理論」，那原來不關緊要的。現在的「理論」就都是替黨拆臺的。還不是堂而皇之地在唬人麼？我想，至少中央是多少關心到了的。慢慢磨罷。

在他看來，關鍵在於周恩來、胡喬木在政治上對他缺乏信任，而「理論」只是壓制他的藉口，獨當一面的工作當然肯定是不會給的。稍後，他在家書中重述過這一看法，更尖銳，更明確——（1953 年 1 月 13 日）「一句古話：『平常不燒香，臨時抱佛腳』。抱也是抱不來的。這要一看佛底心腸，二要看佛法無邊到什麼地步為止。等罷，等罷。」——胡風對周恩來的怨憤如此之深，這倒真是出人意料。

2007/10/8